译文经典

在轮下
Unterm Rad

Hermann Hesse

〔德〕赫尔曼·黑塞 著

张佑中 译

上海译文出版社

译文经典

爱情故事
Love Story
Erich Segal

〔美〕埃里奇·西格尔 著

舒心 鄂以迪 译

上海译文出版社

一

一个姑娘二十五岁就死了,关于她,能说些什么呢?

得说她美丽。人也聪明。得说她爱莫扎特和巴赫。也爱"披头士"①。还爱我。一次,她特意把我跟这些音乐界的人物扯在一块儿,我就问她把我排在第几,她笑笑回答说:"按字母先后为序呗。"当时我也笑了。可是现在事后再琢磨起来,我不知道那时她给我排名是按我的名呢(要是这样的话,我就得落在莫扎特的后边),还是按我的姓(要是这样的话,我就应该插在巴赫和"披头士"之间)。反正我都排不到第一,这么一想可就惹得我发起傻劲来,心里真窝囊得要死,因为我从小就养成了一种观念,认为任何事情我都应该名列第一。要知道,那是家庭的传统啊。

我念"大四"那年的秋天,去拉德克利夫学院②图书馆看书成了我的习惯。倒不完全是为了去饱餐秀色,虽然我承认我也巴不得想看看。主要是那里安静,又没有人认识我,再说那里的"保留书"③借的人也比较少。一次班里要举行历史测验,直到前一天我还连参考书目上的第一本书都不曾抽个空去翻过——这可说是哈佛的"地方病"了。就在这次测验的前一天，我不慌不忙来到"保留书"借书处，准备借上一本大部头著作，好靠它第二天保我过关。值班的有两位姑娘。一位高个儿，像是个爱打打网球的；另一位戴眼镜，大有依人小鸟的韵致。我挑了那个四眼小妞儿。

"你们这儿有《中世纪的衰落》这部书吗？"

她抬头瞪了我一眼。

"你们那儿不是有自己的图书馆吗？"她问。

"听着，哈佛学生使用拉德克利夫图书馆是规定允许的。"

"我不跟你讲规定，预科生④，我跟你讲道理。你们那儿有五百万册藏书。可我们这儿总共才可怜巴巴的几千本。"

嘿，好个自命不凡的丫头！在这种丫头的心目中，哈佛和拉德克利夫的学生人数既然是五比一，那她们姑娘不用说也就应当聪明五倍了。要是在平时，碰上这种丫头我非把她们奚落个半死不可，可此时此刻我实在少不了那本该死的书哇。

"听着，我需要用那本该死的书。"

---

① Beetles 一词的音义兼顾译法。一译"甲壳虫"。60 年代在英国兴起的一个流行乐队。曾在美国风靡一时。
② 拉德克利夫学院是哈佛大学附设的女子学院，迟至 1897 年方始建立。（哈佛大学创立于 1636 年。）
③ 保留书：图书馆里只供馆内阅读、概不外借的参考书之类。
④ 预科生，指预科学校毕业生。在美国，所谓预科学校往往是指贵族化的私立中学。

译本序

赫尔曼·黑塞说过："要叙述我的故事，得从遥远的过去说起，如果可能，我还要追溯得更远，直到我孩提时代的最初岁月，以及我远祖的生平。"[1]黑塞常沉湎于青少年时代的回忆中，追思往昔，用尽全力描绘消逝了的欢乐、悲切、迷惘和烦恼，以及热烈的企求和憧憬。所以他的作品（尤其是早期作品）常带有自传色彩。当然，他的回忆不仅停留在对过去的冷静观察，而是一种自我表现、自我分析，他这种探究内心自我的作品意境在德语文学中是出类拔萃的。

一八七七年七月二日赫尔曼·黑塞出生在德国施瓦本地区卡尔夫镇的一个基督教新教牧师家庭。父亲和外祖父都是虔诚的传教士，母亲的文化修养也较高。黑塞在家庭的熏陶下，从小兴趣广泛，酷爱写作绘画。一八九〇年他被送进哥平根的拉丁文学校学习，准备参加符腾堡州一年一度的"邦试"。一八九一年六月他顺利地通过"邦试"，进入毛尔布隆神学校学习，子承父业。但是，他立志要做个诗人，不久便辍学离校，进工厂当学徒，也曾做过书店的伙计。从一八九五年起埋头研究十八、十九世纪的文学。歌德、席勒和诺伐里斯等人的作品开阔了他的眼界,为其文学创作奠定了基础。他终于执笔作文,一九○四年成为专业作家。是年,与玛利亚结婚,婚后移居巴登湖畔,埋首写作。他厌倦资产阶级的都市文明,一九一一年结束幽居生活后到印度旅行,了解、熟悉东方世界。回国后移居瑞士伯尔尼。第一次世界大战期间,他投入争取和平的运动,一九一四年十一月在《新苏黎世报》上撰文呼吁人道和理性,因而遭到诽谤,精神压抑。一九二三年加入瑞士籍,此后一直定居在瑞士南部的蒙太格诺拉村,一九六二年因脑溢血病逝,葬于罗加诺湖畔的教堂墓地。

黑塞是位多产作家。作品有小说、诗歌、杂文等,但以长篇小说为主。其作品常流露出对童年和乡土的思念,充满着对自然和人类的爱。他叙述自己的感受,抒发心灵的孤独,描述年轻人的彷徨苦闷,反映生活现实,揭露社会积弊,诸如他的自传体小说《彼得·卡门青特》、《在轮下》;以探求心灵解脱、内心自我追求为主题的《德米安》、《荒原狼》以及试图在宗教哲学思想中寻求精神上的理想世界的《玻璃球游戏》等等,都深受广大读者喜爱。他对德语文学的发展作出了重大贡献,在国际文坛上享有盛誉。曾获歌德

---

① 长篇小说《德米安》自序。《黑塞全集》第五卷,西德法兰克福苏尔坎普出版社,1970年版。

文学奖，冯塔纳文学奖等多项文学奖，一九四六年获诺贝尔文学奖。

根据黑塞的母亲玛利亚·贡特尔的回忆，作家的写作活动始于一八八四年，七岁的黑塞就写了一些短诗，一八八六年五六月间写过一首无题诗，一八九二年五月，当他离开毛尔布隆神学校之前写了一首回忆他因逃学而受处分的诗，题为《禁闭室》，到一八九五年秋，作家写了九十多首诗，但一首也未发表。

黑塞的成名作是一九○四年发表的小说《彼得·卡门青特》。小说主人公彼得·卡门青特是农家子弟，天赋很高又耽于幻想，在神父和乡亲们劝说下，父母设法把他送进学校，他念完大学便厕身上层社会。这期间他经受种种挫折，最终认识到他一心寻求的美、爱情和友谊只不过是种徒劳。冷酷、虚伪的上层社会使他懂得"现代文明"的实质，发觉自己在这种社会中永远是个陌路人，然后心情沉重地返回久别的故土，在纯朴的人民和大自然中去寻求温暖、亲切和真正的生活。卡门青特的道路正是黑塞的艰辛历程，卡门青特也正是黑塞的身影。

《彼得·卡门青特》发表之后，一九○六年《在轮下》问世。这部写于一九○三——一九○四年，一九○六年正式成书出版的小说，更带有作家自传特色，艺术构思也是其创作初期认真探索所取得的成就。

令人回肠荡气的直抒胸臆，细腻深刻的自我剖析是黑塞作品的动人之处，但是他还另辟蹊径，努力探索在作品中更好地反映内在自我的方法。当然，作家在塑造人物时，常会把自己作为原型融入作品的人物中，而黑塞不仅把主人公和他本人的经历感受融为一体，而且还通过作品中两个亲密朋友的生动形象，分别体现出现实中的自我和理想中的自我。这种双重的自我刻画正是黑塞早期作品的鲜明特色。小说《在轮下》可说是具有这种艺术特色的力作。所以时至今日，这部作品仍以那种幽微的凄切之情，清淡的抑郁之感扣动读者心弦。

《在轮下》描述的是一对性格迥异的少年朋友，汉斯·吉本拉特和赫尔曼·海尔纳真挚动人的交往故事。也是一篇对摧残儿童身心健康的德国旧教育制度的血泪控诉。

故事从叙述主人公汉斯·吉本拉特的家庭境况展开。他出生在一个小市民家庭里。父亲吉本拉特先生是个掮客，此人"经商才能平平庸庸，对金钱还抱有一种实实在在的、出自内心的崇拜"。母亲因病早逝。自幼丧母的汉斯·吉本拉特得不到家庭温暖，更"缺乏与人接近的才能"。这种沉闷抑郁的家庭气氛养成汉斯沉默孤僻的性格，作者撷取这环境意在创造气氛，烘托人物的性格，为其悲惨的结局留下伏笔。

书中着墨甚多的，除汉斯之外，就是他的挚友赫尔曼·

海尔纳。作者通过对这一对朋友的出生、外貌、举止、情趣、爱好等等的对比,进一步展示了人物的不同性格。

有"一双严肃的眼睛、聪明的前额、雅致的步态"的汉斯·吉本拉特在爱好虚荣的父亲和老师们的"关心"下被沉重的学习负担压得喘不过气来,他总是带着"一张睡眠不足的脸,一双外圈发黑、疲惫不堪的眼睛,默默地像受人驱赶似地到处走动"。他虽潜心学习,但学识浅薄,生活平淡无奇。他害怕大城市的喧哗,更无法理解海尔纳关于天上的浮云、海上的船只的遐思冥想,甚至不敢想象海尔纳敢于在书本上乱涂乱写的"亵渎神明"的行为。而他的好友海尔纳出生在一个富裕家庭,是母亲的宠儿,他感情奔放、任性倔强、充满幻想。他见多识广,兴趣广泛,爱好写诗作画,对神学校那种枯燥无味的学习和令人窒息的宗教氛围极端厌恶。

作者用细腻的心理刻画,进一步揭示了这一对朋友的内心世界,使这两个人物的个性更为鲜明。"邦试"名列第二的汉斯"在凯旋之中追求功名之心抬头,力图出人头地的骄傲情绪滋长"。他埋头学习,把保持名列前茅、争取第一看作是唯一理想,因而,他能忍受神学校荒寂的艰辛生活。他"只顾走自己平静的道路","对于会妨碍他学习的事,一概弃而不顾",甚至还一度感到与海尔纳的友谊成了他不堪忍受的负担而厌弃过对方。而他的好友海尔纳则把在神学校的学习看作苦役。他厌恶虚伪的追名逐利,"你就是得个第一或者第二,那又怎么样呢?我得第二十名也不见得因此就比你们这些功心名切的人笨!"他有自己的思想和言论,他生活得热切、自由,他似乎鄙视周围一切。他对神学校的清规戒律和枯燥乏味的学习生活的非议和抨击,使汉斯逐渐产生了摆脱经院教育和追名逐利思想的束缚的要求。

乍看起来这一对朋友"一个粗心大意,一个认真踏实;一个是诗人,一个则热衷于功名",是最不匹配的一对,但在实际生活中,他们却是互相补充,互不可少的挚友。他俩的友谊虽曾遭到同学们的蔑视和非议,也经历过一度的波折,然而,友谊的纽带系得愈来愈紧,他们的友情也愈益深沉。

黑塞善于捕捉和运用典型细节,描写人物内心深处的那种真挚、炽烈的感情。他选取了两个朋友对同一事件所抱的态度这一细节,进一步刻画了这两个人物形象。神学校的校长作了一次笨拙的尝试,他把汉斯叫到办公室,询问他和海尔纳之间的关系,向汉斯提出了与那个"不知足、不安分的",对他不会有好影响的海尔纳疏远的要求。不料,一贯循规蹈矩、唯命是从的汉斯却答以:"这我做不到,校长先生。""你做不到,那是为什么?""因为他是我的朋友……"寥寥数笔的一问一答,就勾勒出了汉斯与海尔纳之间的友情。校长被迫改变策略,下令禁止海尔纳继续陪伴汉斯一起散步。这一禁令引起了海尔纳与校长的激烈争吵。"谁也无权禁止他们交往"这句话激怒了校长,结果海尔纳受到禁闭处分。作家进一步深化海尔纳这个令人喜爱的形象。为了友谊,他要让校长看看"他的意志胜过命令和禁令"。他终于以行动予以反抗,受罚的第二天就逃出了神学校窒闷的牢笼。

这一细节揭示了汉斯和海尔纳的内心世界,深化和丰富了这两个互为补充的人物形象。

小说的结局是海尔纳因出逃之事拒绝悔过而被开除。汉斯因病辍学回家,后来在工厂当学徒,在一次偶然的机会里结识了鞋匠师傅的侄女爱玛,与爱玛的爱恋为他艰辛的学徒生活增添了乐趣,不料,爱玛不久不辞而别,返回她的家乡。汉斯在羞愧和痛苦之余,投河自尽,结束了短暂的一生。

这里不妨让我们来对照一下作者少年时的经历,就不难看出黑塞所采用的理想中的自我和现实中的自我的双重自我刻画的艺术特色。

童年的黑塞天真活泼,聪明伶俐。父母说:"他是个不寻常的、难于驾驭的早熟孩子,有特殊的理解能力,喜欢观看天空的浮云,爱好作画,也能歌唱,他是使父母、教师烦恼和忧虑的根苗。"[①]一八九一年他考入神学校,学校对他虽没多大的吸引力,但他的学习成绩始终名列前茅,从表面

---

① 见约瑟夫·米勒克:《赫尔曼·黑塞》一书,贝尔特斯曼出版社1979年版。

看，似乎他力求继承父业，其实他不堪忍受神学校的僵化教育。正如他在《我的传略》中所说:"我生来像羔羊般温顺，又像肥皂泡那样易于摆布……却反对任何形式的告诫，尤其在青年时代，这种告诫总引起我的倔强反抗。"①

厌恶烦琐僵化的经院教育，枯燥乏味的学习生活，反对强权，维护自我的意志，促使他于一八九二年三月间的某一天突然擅自离校，次日回校后受到禁闭八小时的处分。从此，他愈加孤独苦闷，精神健康均受到戕害，不得不提前离校，到博尔浴场，父亲的一位朋友那儿去治病，在治疗中因对友人的狂热眷恋未能得到应有的酬答，加之治疗方法不当，他意志颓丧，自杀未遂。这一段阅历与小说的主人公汉斯·吉本拉特所走的道路颇为相似。

作者在本书中逼真地再现了他自身的经历，甚至还选取了不少令人难忘的细节。例如：汉斯与黑塞一样通过了六月份在州府举行的"邦试"后在家乡小镇度过了七个星期欢乐愉快的假期，九月份到达毛尔布隆神学校后又被安排在黑塞当年呆过的希腊室，他也像黑塞一样迷恋于荷马、拉丁文和历史，甚至连与同学角逐挨揍等细节都全然相仿。由此可见，作者尽情抒写了自己这一段饱尝辛酸的生活历程。无疑，他以毛尔布隆时期的自己为原型塑造了汉斯。汉斯·吉

---

① 《黑塞全集》第十卷，西德法兰克福苏尔坎普出版社1970年版。

本拉特就是体现了他痛苦地顺应现实的一面，而赫尔曼·海尔纳则是在博尔浴场就医和进入社会受折磨，体现了在彷徨中进行反抗的黑塞的自我写照。

当然，《在轮下》既是作者经历的回顾，更是当时德国青年一代彷徨苦闷、企求解脱的精神状态的反映。作者把主人公的命运与资本主义社会腐朽的教育制度和社会现实联系起来，对汉斯所屈服的，就连黑塞本人也几乎要屈服的强权：学校、神学和权威，作了无情的揭露和控诉，其意在"把自己从不愉快的回忆中解放出来"①。

黑塞面对现实，正视人生，可是现实社会的伦理道德、习俗风尚在不断摧残着众多的美好事物，基于这种认识，他塑造的聪慧、温顺、功名心切的汉斯之必然遭受戕害也是意料中事。黑塞在苦闷中对现代文明社会产生怀疑，不断地寻找一条通向真正自我的道路，追求着更美好、更崇高的境界。因而，海尔纳只身冲破牢笼，踏上社会，探索人生道路，也正体现了作者的自我。这样，汉斯和海尔纳这一对朋友——现实中和理想中的人物——便融为一体。黑塞采用这种手法塑造人物形象，具体地说，他用一主一次，一个形象衬托另一个形象这种组合的形式使其作品更为亲切感人。他早期作品中的主人公几乎都来自于他自己的原型，书中主人

---

① 见《黑塞全集》第十卷。

公的亲密朋友几乎也都是他曾经喜爱或者期望中的理想人物。不过,《在轮下》比起《彼得·卡门青特》来更臻成熟。

《彼得·卡门青特》中的主人公被迫应时顺势,几经曲折,最终归返故里,其挚友里查德则不幸溺死在水中。它暗喻着黑塞这时的一切努力都化为泡影。《在轮下》中虽则也安排了一生一死的结局,但是幸存者海尔纳已是一个敢于违抗习俗,亵渎神明的反叛者。显然,黑塞作品里的社会批判内容有所增加,这也显示了作者力图从凄切的往事中振作精神以期待光明。

《在轮下》的艺术特色还表现在作者善于把朴实无华的、简洁通畅的口语与对生活的诗情浓郁的描述结合起来,把家乡妍丽多姿的生活画面刻画得十分动人,无论是古老的石屋、秋天酣美的果汁,还是河岸的垂钓、绮丽的夜晚,都蕴含着一种沃土的清香,产生诱人的艺术魅力。更值得一提的是黑塞以景寓情的表现手法。他没有直接说出汉斯投河自尽,而是寓意深长地点了一笔:"寒冷的淡蓝色的秋夜俯视着他那在黑暗中漂流而去的瘦弱身体。"淡淡几笔给人留下了悲凉凄切之感。

小说的结尾更表现了作者匠心独具的艺术魅力。你看:"小城上空是一片欢快的蓝天,山谷里河水在闪耀,长着枞树的群山柔和苍翠,一望无际。鞋匠悲伤地苦笑着,挽着吉本拉特先生的手臂。吉本拉特先生由于此刻的寂静,由于此刻充满奇特痛苦的思想,正犹豫地、不知所措地向着他那习以为常的生命的下坡路走去。"与欢快柔和的自然景色交相辉映的却是吉本拉特先生奇特痛苦的思想。"犹豫地"、"不知所措地"、"习以为常的生命的下坡路",更是寓意深长耐人寻味。

所有这些给黑塞的作品以遒劲的生命力和强烈的感染力。当然,作品中所表现出的那种凄婉抑郁的情调,我们应放在他所生活的具体环境和时代去理解。

译者

一九八二年六月

第一章

捐客兼代理商约瑟夫·吉本拉特先生在当地同胞中间绝无特别突出或与众不同之处。他和旁人一样，身材魁梧健壮，经商才能平平庸庸，对金钱还抱有一种实实在在的、出自内心的崇拜。再就是：他有一幢花园小洋房，公墓里的一块家族坟地，一种带点自由化、已变得很空洞的宗教信念，对上帝与官厅应有的敬仰和对资产阶级礼仪铁的戒律的盲目服从。他酒喝得不少，但从未醉过。他顺带做些不是无可非议的买卖，但决不超出规定所允许的限度。他骂穷人是饿鬼，骂有钱人摆阔气。他是市民协会会员，每星期五都去"鹰社"玩九柱戏。此外，每逢烤面包的日子、试食会餐和品尝香肠汤也都少不了他。他工作时抽的是廉价雪茄烟，饭后和星期天也抽一些好的。

他的内心生活属于庸俗的。如果他有什么情操的话，那也早已蒙满了灰尘；其内容不外乎传统的、鄙俗的家庭观念，对自己儿子的自豪感以及兴致来时请穷人喝喝酒而已。

他的智慧才能不超过一种天生的、界限分明的狡猾和盘算之道。他的阅读范围只限于报纸，为了满足他艺术享受的需要，观赏市民协会一年一度的业余爱好者演出，间或看一次马戏，也就足够了。

他可以和任何一位邻居调换名字和住房，也不至于引起什么变化。他的内心深处，他对于任何超群出众的力量和人物所持的永恒的怀疑态度，以及出于嫉妒而对一切不寻常的、比较自由的、比较精细的、有思想的事物所抱有的那种本能的敌意，也都和本城所有其他家长一模一样。

关于他，说得已经够多了。只有深刻的讽刺家才有能力来描绘他这平庸无奇的一生，及其未被意识到的悲剧性。但此人有一个独生子，我们要谈的是他。

汉斯·吉本拉特无疑是一个有天赋的孩子，只要观察一下他和别的孩子相处一起时显得多么温文尔雅、鹤立鸡群就够了。这个黑森林的小角落还没有出现过这样的人物呢，这里从来没有产生过一位能超脱狭窄圈子而有远见、有影响的人。天知道，这孩子打哪儿来的那双严肃的眼睛、那个聪明的前额、那种雅致的步态？也许是来自母亲吧？她已经去世多年，生前除了病个没完没了和郁郁不乐之外，身上没有什么引人注目的地方。要说是来自父亲，那是绝对不可能的。这样说来，果真有一星神秘的火花从天而降，落到这个古老的偏僻角落里来了？这儿在八九个世纪里出过那么多能干的市民，可从来不曾产生过一个天才呢。

一位受过现代教育的观察家，回顾到体弱多病的母亲以及这个历史渊源的家族，会认为聪明过度现象是一种开始蜕化变质的征兆。幸亏这个城镇还不曾有过这类人，只有官吏和教员中比较年轻和机灵的人，通过杂志文章隐隐约约地晓得有这个"现代人"的存在。没有听说过萨拉图斯特拉①言论的人，在那里照样能生活，照样能算是有教养的；他们的婚姻牢靠而又常常美满幸福，整个生活保持着无法改变的老习惯。那些饱食终日的富裕市民，——近二十年来有些人从手工业者变成了工厂主——虽然对官吏恭恭敬敬，想和他们交往，私下却骂他们是穷鬼和办公事的奴才。令人奇怪的是，尽管这样，这些人所抱有的最大虚荣心却是让他们的儿子尽可能念大学，将来可以当官。可惜，这始终只是美好而无法实现的梦想。因为小辈们大多数要费九牛二虎之力，并且一再留级，才能勉强念完文科中学。

汉斯·吉本拉特的天赋是无可怀疑的。教师、校长、邻居、本城牧师、同学，人人都承认这小伙子聪明伶俐，是个出类拔萃的人。这样也就决定了他的前途，因为在施瓦本这

---

① 萨拉图斯特拉，波斯宗教改革家、预言家。这里显然是指德国哲学家尼采（1844—1900）借用他的名字以阐发自己的超人哲学思想的著作《萨拉图斯特拉如是说》一书。

个地方，对于有天赋的孩子来说，除非父母富裕，否则只有一条羊肠小道可走：通过邦里的考试进入神学校，从那里再进图平根神学院，毕业后不是当传教士就是当教师。年复一年，总有三四十个本地区子弟走上这条平稳的道路。这些瘦削和用功过度的刚受过坚信礼的孩子们，由国家资助修完了人文科学的各门课程，八九年后踏上他们人生道路第二个阶段，这往往也是更为漫长的阶段，在这一阶段里，他们得向国家偿还过去接受的资助。

没几个星期又要举行"邦试"了。这名称就是指一年一度献祭时，"国家"将在祭礼上挑选本邦的精华。在此期间，从乡村到城镇，许许多多家庭在关注正在进行考试的地方——本邦的首府，朝着它叹息、祈祷、祝愿。

汉斯·吉本拉特是这个小城镇准备送去参加这场激烈竞争的唯一考生。这真是莫大的荣幸，不过他决不是不花代价就能获得的。他每天上课上到四点钟，紧接着就到校长那里去上额外的希腊文课。到了六点钟本城那位牧师还热心给他复习拉丁文和宗教课。另外还有每星期两次晚饭后到数学教师那里上一小时的辅导课。在希腊文方面，除了不规则动词外，重点放在用小品词连接句子的各种各样表达方法上。而拉丁文方面则要求学会写文体简洁清晰的文章，尤其要懂得诗体之间的许多细微差别。数学课重点放在复杂的三率法上。正如教师经常强调的那样，表面上看来数学课的这些内容似乎对往后的学习和生活没有多大价值，但这仅仅是表面上看问题，其实是很重要的，甚至比有些主课还重要，因为它能培养一个人的逻辑推断能力，并且是进行任何清晰、冷静、卓有成效的思索的基础。

为了不让精神负担过重，同时避免因为智力训练而忽视或破坏个人情操，汉斯每天早晨在学校上课前一小时可以去听坚信礼课。在那里，从布伦茨①的教义问答里，通过提神的朗读和背诵那些问题和回答，有一股宗教生活的新鲜气息沁入年轻人的心灵。可惜他自己给自己破坏了这些令人神清气爽的课，剥夺了它给自己的恩赐。原来他把写有希腊文和拉丁文单词或习题的纸条偷偷藏在教义问答里，几乎整堂课都在研习这种世俗的学科。可是他的良心毕竟还不迟钝到他在这样做的时候，不会持续地有一种提心吊胆的感觉，一种轻微的恐惧。每当教区的监督走近他甚至喊他的名字时，他都胆战心惊。如果要他回答问题，他更是急得额头冒汗，心跳加剧；可是回答却是正确得无可指责，发音也准确无误，教区的监督对这点是十分看重的。

一天下来，一堂堂课积聚拢来要写的或要背诵、复习、预习的功课他可以晚上在家里柔和的灯光下来完成。这种宁静的、笼罩着和睦的家庭幸福气氛的自习，是班主任认为能

---

① 布伦茨(1499—1570)，德国神学家。符腾堡教派的组织者。

起特别深刻的和促进的作用的,这种学习每周星期二和星期六通常只进行到晚上十点钟,其余日子则要到十一二点,有时甚至更晚些。父亲对于无节制地消耗灯油有点怨言,但是看到儿子这样努力学习却又感到自豪,喜在心头。剩下来的空闲时间以及星期天——这到底要占我们七分之一的生活时间呀——他们就竭力建议他读些学校里没有读过的作家的作品,复习复习语法。

"当然要有节制!要有节制!每星期去散一两次步还是必要的,而且会有意想不到的效果。天气好的话,也可以带本书到野外去走走——你会觉得在户外清新的空气中学习起来是多么轻松愉快。总之,要提起精神来!"

于是汉斯就尽可能提起精神,从现在起,连散步时间也利用来学习了。他带着一张睡眠不足的脸、一双外圈发黑、疲惫不堪的眼睛,默默地像受人驱赶似地到处走动。

"你认为吉本拉特怎么样,他一定能通得过啰?"有一次班主任问校长。

"一定,一定,"校长兴奋地说,"他是个脑子很灵的人,您只要看看他就知道了,他那样子简直是神化了。"

在最后一个星期里,这种神化就更加明显了。娇嫩俊美的孩子脸上,一双深陷的、不安的眼睛闪烁着忧郁的光芒,在秀丽的额头上,细微的、流露出智慧的皱纹在抽动,本来就很瘦削细弱的胳膊和双手垂在身旁,带着一种疲惫而优雅的姿态，不由得令人想起波蒂切利①的画。

这一天终于到了。明天一早汉斯就要跟父亲到斯图加特去参加邦里的考试，表明一下自己配不配走进神学校的窄门。他刚才去跟校长辞行，"今天晚上，"这位令人生畏的学校主宰最后用异常温和的口气说，"你不可以再看书了，你要答应我！你明天到斯图加特去应试，一定得精力充沛。你现在去散一小时步，随后早点儿上床。青年人睡眠一定要充分。"汉斯没有听到多得叫人害怕的告诫，却备受关怀，对此他大为惊异，便松了口气步出校门。高大的菩提树在午后炎热的阳光下无力地闪烁，集市广场上的两个大喷泉水花飞溅，光耀夺目，他越过一排排参差不齐的屋顶可以看到附近长满蓝黑色枞树的山峦。男孩觉得仿佛这一切已有很久没有见到了，因而在他眼里，一切都显得异常美丽和诱人。虽然他有点头疼，但是今天他可用不着再学习啦。

他漫步走过集市广场，经过古老的议会厅，穿过市场小街，经过刀匠铺走向古桥。他在桥上来回逛了一会儿，最后坐在宽阔的栏杆上。几个星期，几个月来，他曾日复一日地每天四次打这里路过，可从来没有对那座哥特式的桥边小教堂瞥过一眼，也没有看一看桥下的河水、周围的捕鱼水闸、堤堰和磨坊，甚至连浴场的草地和栽满垂柳的河岸，都不曾

---

① 波蒂切利(1445—1510)，意大利文艺复兴时期的画家。作品有《维纳斯的诞生》等。

在轮下 | 007

望过一眼。岸边鞣皮场地鳞次栉比。这一带河水很深,碧绿平静宛如湖泊,弯弯细细的柳条直垂水中。

现在他又想起,他在这儿度过了多少个半天和整日啊,他过去常在这里游泳、潜水、划船和钓鱼。啊,说起钓鱼啊!现在他也几乎荒疏了,忘记了。去年,为了要准备考试家里不准他再去钓鱼,他曾经那么伤心地哭过。垂钓可真是他漫长的学生时代中最美好的活动啊!站在稀疏的柳荫下,近处磨坊水闸的流水潺潺作响,河水又深又平静。河面水光千变万化,长长的钓竿轻轻荡漾,看到鱼儿上钩,去拉钓丝时,心里多么激动啊!手里握住一条凉凉的、肥肥的、还在甩着尾巴的鱼时,那种快活是多么奇特!

他的确钓到一些活蹦乱跳的鲤鱼,钓到过白鱼和唇上生须的鲤鱼,也钓到过美味的鳙鱼和色彩漂亮的小鲦鱼。他久久地凝视着河水,在看到小河的整个翠绿角落时,不由得沉思起来。他感到悲哀,他觉得那美好的、自由的、粗犷的童年欢乐已成了遥远的过去。他下意识地从口袋里掏出一块面包,掰成大大小小的碎块扔进水中,看着它们慢慢地下沉,被鱼儿吞食。最先游过来的是细小的金线鱼和鲫鱼,它们贪婪地把小的碎片吃个精光。用饥饿的嘴顶撞那些大块块,游成曲曲折折的路线把面包块推来推去。随后一条大一些的白鱼慢腾腾地,小心翼翼地游了过来,它那深色的宽脊背隐隐约约显露在水中,它从容不迫地绕着这些面包块转来转去,然后突然张开圆嘴把它们吞了下去。流动滞缓的水面上升起了一股温湿的香味，几片白云模糊地映照在绿色的水面上，磨坊里圆锯的吱吱声和两边堰闸发出冷漠而又低沉的水声交织在一起。男孩想起了不久前那个举行坚信礼的星期天，那天他发现自己在庄严感人的仪式进行当中，竟然内心默诵一个希腊文动词。最近以来他也时常出现这类思想纷乱的情况，在上课时也会不考虑眼前的学习，却老是想到以前做过的或以后要做的作业。考试时要是这样，可就麻烦了！

他心不在焉地站了起来，犹豫不决，不知道该上哪里去。当一只有力的手抓住他的肩膀、有个男人的亲切的声音在叫他时，他大吃一惊。

"你好，汉斯，愿意跟我走一阵吗？"

那是鞋匠师傅弗莱格，汉斯从前有时晚上到他那里去玩，但如今已很久不去了。汉斯一边跟他走着，一边漫不经心地听这位虔诚的虔信派①教徒讲话。弗莱格谈到了考试，祝男孩运气好，并且对他说了些勉励的话，但他谈话的最终目的是要指出，考试只不过是表面的而且带有偶然性的东西。考不上并不丢脸，即使成绩最好的人也有名落孙山的可能。万一他榜上无名，就想想上帝对每个人都自有安排，会指引他们走自己的道路的。

---

① 虔信派是十七世纪末兴起的一个基督教新教派。

汉斯面对着这人并不是全然问心无愧的。对于他的为人和他那稳重和感人的气质，他是很敬佩的。然而他听到别人讲过那么多关于这派教友们的笑话，自己也往往昧着良心跟着一起笑；此外，他也为自己的怯懦感到羞愧。因为相当一个时期以来他几乎是心惊胆战地躲着这位鞋匠，害怕他的尖锐的问题。自从他成了老师们的骄傲，而且自己也有些翘尾巴以来，弗莱格师傅便常常古怪地看着他，试图给他泼冷水。男孩的心灵对这位善意的指路人渐渐疏远了，因为汉斯正处在男孩倔强脾气最盛的时期，对于任何有损他自尊心的事都十分敏感。如今他走在这位唠叨的人身旁，却不知道这个人是如何忧心忡忡、善意亲切地在关心着他。

他们在王冠巷遇到了本城牧师，鞋匠很有分寸地、冷淡地向他打了个招呼，突然急忙走了，因为牧师是个新派人物，人人都说，他甚至连基督"复活"都是不相信的。牧师让男孩跟自己一道走。

"你好吗？"他问道，"终于到了这一天了，你大概很高兴吧。"

"是的，总算合我的意了。"

"唔，你要好好干啊！你知道我们全都对你寄予希望哪。我期望你拉丁文取得特别优异的成绩。"

"可是，假如我考不取……"汉斯羞答答地说。

"考不取？！"牧师非常惊讶地站住了。"考不取是根本不可能的。根本不可能！这真是胡思乱想！"

"我只是说，万一……"

"不会的，汉斯，不会的，这点你完全可以放心。好，代我问你爸爸好，你要有勇气啊！"

汉斯目送他走了，然后转身朝鞋匠那方向望去。他刚才说些什么来着？他说只要心地正直，敬畏上帝，拉丁文考得好坏没有什么大关系，他倒说得好。如今还有这个牧师呢！如果考不取，那就永远没脸见他了。

他颓丧地悄悄溜回家，走进倾圮的小花园。这里有一间霉烂不堪、久未使用的园中小屋。他从前在那里搭了一个小木棚，在里面养了三年兔子。去年秋天，因为要准备考试，兔子给弄走了，他没有时间再分心了。

花园这儿，他也好久没有来过了。那空荡荡的小木板房看上去早该修缮，围墙角落里的钟乳石堆已经倒塌，木制的小水车已经变形、破碎，躺在水管旁边。他想起了自己制造和雕刻这些东西的那个时刻。这些事曾使他感到快慰。那已是两年前的事了——宛如隔世啊。他拣起小水车，把它弯过来，完全折断了，就把它扔到篱笆外面去。甩掉这些破烂东西吧，反正这一切都早已完结，早已过去了。这时，他突然想起了他的同学奥古斯特。他曾经帮他做水车，修兔棚，他们常常整个下午在这儿玩，打弹皮弓，追猫，搭帐篷，吃生胡萝卜当晚点心。可是后来各奔前程，奥古斯特在一年以前离开学校当技工学徒去了。此后他只露过两次面。当然,他现在也不再有空闲的时间了。

云层的阴影匆匆掠过山谷,太阳快要下山了。有一瞬间,男孩感到自己忍不住要扑倒在地,放声大哭。但他没有那样做,而是从工具房取出一把斧头来,用纤瘦的小胳膊挥动它,把兔棚砍个粉碎,木片四溅,钉子给砸弯了,叮叮作响。一些还是去年夏天的、已经有点腐烂的兔饲料给翻了出来。他挥动胳臂,什么都砍,仿佛这样能把他对兔子、对奥古斯特、对过去童年时代的一切眷恋一扫而光似的。

"嗨,嗨,嗨,嗨,到底是怎么回事啊?"父亲把身子探出窗口喊道:"你在那里干什么呀?"

"劈柴。"

他没有更多地回答,而是扔下斧头,穿过院子,奔向小巷,然后沿着河岸向上游走去。在酿酒厂近旁露天停靠着缚住的两只木筏。从前他经常乘着它顺流而下,漂它几个小时,在夏天炎热的午后,一面听河水拍击着树干,一面在木筏上漂流,叫他既感到兴奋,又昏昏欲睡。他跃到那些松散漂浮在水上的树干上去,躺在一堆柳条枝上,竭力想象木筏正在河上漂行,时快时慢地经过草地、农田、村庄和凉爽的树林边缘,穿过桥洞和打开了的捕鱼闸门。他躺在那儿,好像一切又回复到昔日光景:在卡普夫山上割兔饲料,在河边鞣皮场的院子里钓鱼,没有头疼,没有忧虑。

他疲倦而厌烦地回家吃晚饭。父亲因为去斯图加特应试的旅行就在眼前，极度紧张不安，三番五次地问：书是不是都带上了？那套黑色西装放好了没有？途中还要不要看语法书？身体舒服不舒服？汉斯的回答简短而尖刻。他吃得很少，很快就道了晚安，打算走了。

"晚安，汉斯，尽管好好睡！明天早晨六点钟我叫你，你没有忘记'那本'辞典吧。"

"没有，'那本'辞典我没有忘记，晚安！"

汉斯在他的房里连灯也没点又坐了好久。为了准备考试，迄今为止给他带来的唯一好处就是自己有了个小房间。他是房间的主人，在里面可以不受干扰。他曾在这里与疲倦、瞌睡和头疼搏斗过，埋头在恺撒、色诺芬①的作品、语法书、字典和数学习题里熬过长长的夜晚，坚韧不拔，执拗倔强，追求功名心切，但也常常濒于绝望。在这里他曾有过一些在他看来比所有男孩那些失去了的嬉戏更有价值的时刻，那些充满着自豪、陶醉和胜利信心的梦幻般的奇妙时刻，在这些时刻里，他在幻想和憧憬中，摆脱了学校、考试和一切，进入高级人士的圈子。在这种时刻有一种狂妄而又幸福的预感攫住了他，似乎他真的和那些脸蛋胖胖的、性情

---

① 色诺芬（约前430—约前355），古希腊雅典城邦的贵族奴隶主、军人、历史学家。苏格拉底的弟子，著有《远征记》、《希腊史》和《苏格拉底言行回忆录》。

开朗的同学们不一样,比他们高明,而且有朝一日也许可以从遥远的高处傲视他们。就是此刻他也深深地吸了一口气,仿佛在这小房间里空气更为自由、更为凉爽。他坐到床上,在梦想、希望和预感中蒙眬了几个小时。那明净的眼睑慢慢地合在用功过度的大眼珠上。眼睑再一次睁开,眨了一下,又阖上了。这张苍白的男孩脸庞侧靠在瘦削的肩上,细弱的手臂疲倦地伸展着。他和衣睡着了,瞌睡像慈母的手轻轻地平息了在他童心中汹涌的波涛,抹去了他美丽额头上细小的皱纹。

这是从未有过的事。校长先生不辞早起的辛劳,亲临火车站送行。吉本拉特先生穿着黑色礼服。由于兴奋、快活和自豪,他一刻儿都站停不下来;他神经质地围着校长和汉斯跑来颠去,听着车站站长和所有铁路职员祝他们一路平安,祝他儿子考试顺利。他那只小硬皮箱一会儿提在左手,一会儿又提在右手。那把雨伞他一会儿夹在腋下,一会儿又重新夹在双膝之间,弄得它好几次掉在地上,于是,他每次都得放下箱子,去捡雨伞。人家还以为他是到美国去旅行而不是买的来回票去斯图加特哩。儿子外表看来很镇静,其实暗中却害怕得要窒息似的。

火车进站停住,旅客们上车,校长挥着手,父亲点燃一支雪茄烟,城镇和河流隐没在下面的山谷之中。这次旅行对他俩来说是件苦事。

到了斯图加特,父亲忽然活跃起来,开始变得快活、随和以及善于处世的样子,充满了小城镇人到首府来玩几天所特有的心花怒放的情绪。汉斯却变得更沉静、更胆怯,看到城市的景象使他深深感到压抑:陌生的脸孔、过于富丽堂皇的高楼大厦,漫长的、使人疲惫的道路、马车道以及街上的喧闹声都使他生畏、使他痛苦。他们在姑妈家下榻。在那儿,陌生的房间、姑妈的和蔼和健谈、毫无意思地长时间闲坐、父亲说不完的鼓励话,这一切把男孩完全压垮了。他不习惯地、不知所措地蹲在房间里。看看这不习惯的环境、看着姑妈以及她那城里人考究的打扮、大花纹地毯、台钟、墙上的图片或是窗外人声嘈杂的街道,他感到自己完全给出卖了,他觉得好像已经离开家整整一辈子了。以前努力学得的知识也给忘得一干二净了。

下午,他想把希腊文小品词再复习一遍,可是姑妈提议去散步,一瞬间,汉斯内心里仿佛看到了绿色的草地,听到了树林的飒飒声,因此他高兴地答应了。可是他很快就发觉,在这儿大城市里,即使是散步,也是和家乡不相同的另一种娱乐。

他一个人和姑妈出去,因为爸爸在城里作客。在楼梯上就出现了恼人的事。他们在二楼遇到一个胖胖的、样子很高傲的女人,姑妈对她行了个屈膝礼,那个女人立刻开始滔滔不绝地谈起来,这一耽搁超过一刻钟。汉斯站在一旁,靠着楼梯的栏杆,那个女人的小狗朝他嗅来嗅去,还对着他吠了几声,他模模糊糊地意识到她们也谈论他,因为,那个陌生胖女人一再用夹鼻眼镜从头到脚地打量他。他们刚走到街上,姑妈就走进一家店铺,待了好一会儿才出来,汉斯则胆怯地站在街上,被过路行人挤到一旁,受街上顽童的奚落。姑妈从店里出来时,递给他一块巧克力,他有礼貌地道了谢,虽然他并不爱吃巧克力。他们在最近的路口上了公共马车。马车满载着乘客,不断地打着铃,驰过一条又一条马路,他们终于来到一条宽阔的林荫大道和一块绿化园地。那里有个喷水池正在喷水,用栅栏围起的绚丽的花圃里鲜花盛开,金鱼在一只小小的人工砌成的养鱼池里游来游去。他们在一大群散步者中间上上下下、来来往往地转着圆圈溜达,看到许许多多张脸、漂亮的和式样不同的服装、自行车、病人轮椅和儿童车,听到嘈杂的人声,呼吸热乎乎的、尘土飞扬的空气。最后,他们挨着旁人在一条长凳上坐下。姑妈几乎整个时间都说个不停。现在她叹了一口气,亲切地向男孩笑笑,叫他现在就吃巧克力。他不想吃。

"亲爱的上帝!你该不会是不好意思吧?没关系,你只管吃好了,吃吧!"

于是他拿出那一小块巧克力,花了好一阵工夫撕开锡纸,终于咬下小小一块。他压根儿就不喜欢吃巧克力,但又不敢对姑妈讲。当他还在吮着那一小口巧克力并且强咽下去时，姑妈在人群里看到一个熟人，便奔了过去。

"你就坐在这儿，我马上回来。"

汉斯舒了口气，赶快利用这个机会把他的巧克力远远地扔在草地上，然后两条腿有节奏地摇来晃去，凝视着许许多多过往行人，觉得自己很不幸。最后他又背起变化不规则的词来了，可是叫他吓得要命的是，他几乎什么都记不得了，什么都忘了！可明天就要举行邦试了。

姑妈回来了，还带来了消息，据说今年有一百十八个考生参加邦试。只录取三十六名。汉斯听到这消息简直丧魂落魄、胆战心惊，在回家途中一言不发。到了家就头痛，又是什么东西都不愿吃，情绪那样坏，以致被父亲狠狠地训了一顿，甚至连姑妈也觉得他十分讨厌。他夜里睡得沉甸甸的，接连做着噩梦。他梦见自己和一百十七个考生坐在一起考试，主考人一会儿像家乡的牧师，一会儿又像姑妈，在他面前放了一大堆巧克力要他吃。当他眼泪汪汪吃着巧克力时，看见其余的人一个接一个地站起来，穿过小门走了。他们都把各自的一大堆巧克力吃光了。而他的那堆却在他面前变得愈来愈大，铺满桌子和板凳，好像要把他埋在里面闷死似的。

第二天早晨，汉斯喝咖啡，眼睛一刻不离开钟，生怕迟到。这时在他的家乡小城镇里正有许多人在想念他。首先是鞋匠弗莱格,他在早餐桌前念祷文,全家人连伙计和两个学徒都围着桌子站着。在通常的晨祷里,师傅今天添加了这些话:"啊,主啊!请您也保佑保佑学生汉斯·吉本拉特吧,他今天参加考试,祈求您赐福给他,并给他以力量,让他将来真正成为一个正直勇敢的宣扬您圣名的布道者。"

牧师虽然没有为他祈祷,但在早餐时对他的妻子说:"汉斯·吉本拉特现在去考试了,他将来会出人头地的,大家一定会注意到他的。这样说来,我给他辅导过拉丁文,也没有害处呀!"

班主任在讲课前对学生们说:"嗯,现在在斯图加特开始邦试了,让我们大家祝愿汉斯·吉本拉特一切顺利吧!其实他并不需要我们为他祈祷,因为像你们这样的懒汉远远不是他的对手。"如今学生们也几乎人人都在想这位缺席的同学,尤其是那许多为他能否录取打了赌的人。

衷心的祈祷和内心的关怀往往很容易超越长距离而影响到遥远的地方。因而汉斯也感到家乡的人们在惦记着他。他由父亲陪着,心怦怦直跳地进入考场,惊恐胆怯地听从监考人的指示,像一个犯人进入刑讯室似地环顾这个坐满了脸色苍白的男孩的大考场。但在主考教师来到,要求大家肃静,并口授做拉丁文修辞练习的试题时,汉斯松了一口气。他发现题目容易得可笑。他飞快地,几乎是兴高采烈地起了草,然后慢慢地干干净净地誊清。他是最先交卷者之一。尽管后来他找不着回姑妈家的路,在酷热的马路上乱转了两小时,但这并没有太妨碍他业已恢复了的内心平衡。他甚至为能迟一会儿见到姑妈和父亲而感到快慰。他在陌生的、喧哗的首府街上逛着,觉得像个大胆的冒险家。当他一路打听,好不容易终于回到家后,迎面便是一连串的问题:

"考得怎么样?题目难不难?你都会做吗?"

"题目很容易,"他得意地说,"这些我在五年级时就会翻译了。"

他狼吞虎咽地吃着饭。

下午没有事。父亲拖他去走访几家亲朋好友。在其中的一家,他们遇到了一个身穿黑色服装、神情腼腆的男孩,他从哥平根来,也是来参加邦试的。大人让孩子们独自待在一起,他们羞怯地互相瞧着。

"你觉得拉丁文题目怎么样?很容易,是不是?"汉斯问道。

"太容易了,可这正是讨厌的地方,容易的题目最容易做错。因为大家麻痹大意了,而这里面就埋着钉子呢。"

"你是这样看的吗?"

"自然,这些先生们不会那么傻。"

汉斯有点吃惊,变得心事重重。然后他害羞地问道:"你的考题还在吗?"

那个孩子拿出本子,两人把全文一起逐字逐句看了一遍。那个哥平根孩子好像很精通拉丁文,至少他有两次使用了汉斯还从未听说过的语法名称。

"明天考什么?"

"希腊文和作文。"

随后哥平根来的孩子向汉斯打听他们学校有几个人参加考试。

"没有旁人,就我一个。"汉斯说。

"噢,我们哥平根来了十二个人,其中有三个是非常聪明的,大家都指望他们名列前茅。去年的第一名也是哥平根人。假如考不取,你准备读高中吗?"

以前还从未谈过这事呢!

"我不知道……不,我想不会去的。"

"是吗?我是无论如何要上大学的,即使这次不录取,妈妈会让我到乌尔姆去的。"

汉斯大受触动。十二个哥平根考生,而且其中有三个绝顶聪明的人,使他感到害怕,如果自己没被录取真没脸见人了。

到家后他坐下把带 mi 的希腊文动词又复习了一遍,拉丁文他一点也不怕,这方面他很有把握。希腊文可就不同了。他喜欢希腊文,甚至有些入迷,但只是就阅读而言。特别是色诺芬的文章写得那么优美、生动、活泼,念起来明快、铿锵有力,思路敏捷、自由,一切也都容易理解。可是一接触到语法或者要他把德语译成希腊文,他就像陷入互相对抗的语法规则和词形变化的迷宫,他就像初学这门外语时一样害怕,那时他连希腊字母都不会念。

第二天,真的是考希腊文,接下来考德语作文。希腊文考题相当长而且一点也不容易,作文题目很棘手,而且容易误解。从十点钟起,考场里变得又闷又热。汉斯没有好钢笔,等他把希腊文考卷誊清,已经写坏了两张纸。在考作文时,他感到最为难,因为坐在他旁边的一个莽撞的考生塞给他一张写了一个问题的纸,用臂肘碰碰他,催他回答。考试时和邻座交谈是严格禁止的,一经发现,就会毫不留情地被取消考试资格。汉斯吓得直哆嗦地在纸条上写着:"别打扰我。"便不再去理会那个提问的人。天气又这样闷热,连那个一刻不停地顽强地巡视考场的老师也不得不好几次拿手帕擦脸。汉斯穿着厚厚的礼服直流汗,头也疼起来了。他终于怏怏不乐地交了卷,觉得里面全是错误,这次考试恐怕是完蛋了。

吃饭时,他一声不吭,对所有向他提出的问题只是耸耸肩,脸上的表情像是犯了罪。姑妈安慰他,但父亲很着急,情绪也变坏了。饭后他把儿子带到隔壁房里想再一次问他个究竟。

"没有考好。"汉斯说。

"你为什么不留神呀?你不会思想集中一点吗?真

见鬼!"

汉斯不作声,当父亲开始责骂他时,他满脸通红,说道:"你对希腊文也是一窍不通呀!"

最糟糕的是两点钟他还要去口试,这是他最害怕的。在炽热烘人的路上,他感到非常不舒服,由于烦恼、恐惧、头晕,他几乎都睁不开眼睛去看东西了。

一张绿色的大桌子后面坐着三位老师,汉斯在他们面前坐了十分钟,翻译了几个拉丁文句子,回答了提出的问题。然后又在另三位老师面前坐了十分钟,翻译了希腊文,又被考了一番。最后老师要他讲一个希腊文的不规则动词过去时态,但他回答不出来。

"您可以走了,走那儿右边的门。"

他走了,但刚到门口,就想起了这个过去时态。他站住了。

"您走吧,"老师对他说,"您走呀!怎么?难道您不舒服吗?"

"不是,而是那个过去时态我想起来了。"

他向房里喊出了这个词,看见一位老师笑了,就涨红着脸冲了出去。随后试图回想那些问题和他的回答,可是他觉得一切都搞得杂乱无章。浮现在脑海里的老是那张巨大的绿色桌面,那三位上了年纪、板着面孔、穿着礼服的先生,那本打开的书和他自己那只放在书上颤抖的手。天哪!他回答了些什么啊!

他在街上走着,觉得自己好像在这里已有几个星期了,而且再也不能离开似的。家里的花园,碧绿的枞树山,河边的钓鱼处,这些情景显得十分遥远,好像是早年发生过的事。哦,假如今天就能回家该多好啊!再待在这儿就没有意义了,考试反正是告吹了。

他买了一个奶油面包,整个下午在马路上闲荡,免得和父亲多噜苏。他终于回到住处,家里人都在为他担心,因为他显得筋疲力尽,样子很难受,他们给他喝一盆蛋汤,就叫他上床休息了。明天还要考数学和宗教,考完后就可回家了。

第二天上午,一切进行得都很顺利。汉斯觉得这简直把人挖苦透了;今天他一切都很顺利,而昨天考主课却倒了楣。反正一样,现在只求快走,回家去!

"考试结束了,我们可以回家了。"他对姑妈说。

他父亲今天还想留在这儿,因为他们要去康斯塔特,到那儿的疗养公园去喝咖啡。可是汉斯苦苦哀求,父亲只好答应让他一个人先回去。他们送他上了车,交给他车票,姑妈吻了他一下,还给他带了些吃的东西。于是他便筋疲力尽、无精打采地乘着火车穿过绿色的丘陵地带向家乡驶去。直到深蓝色的枞树山峦出现时,男孩身上才出现一种喜悦和如释重负的感觉,他为能看见老女仆、自己的小房间、校长、看惯了的低矮校舍和其他一切而感到高兴。幸好车站上没有遇到好奇的熟人,他可以提着小包,不引人注意地赶回家去。

"斯图加特好玩吗?"老安娜问道。

"好玩?你大概以为考试是件好玩的事吧?回到了家我才高兴呢!爸爸要明天才回来。"

他喝了一钵子新鲜牛奶,取下挂在窗前的游泳裤跑了出去,但并不是朝大伙游泳的浴场草坪跑去。

他出城很远,朝"天平"走去,那里河水很深很慢地通过两岸高大的灌木树丛流去。他在那里脱下衣服,先用手,然后用脚试探一下凉水,打了一个寒噤,便迅速一跃跳进水中。他慢慢地逆着缓慢的流水游去。感到近几日的汗水和恐惧都随着水流消逝了。当清凉的河水怀抱着他那瘦弱的身体时,他的心灵怀着新的喜悦占有了美丽的家乡。他游快一些,歇一会,又继续游,为一种舒适的凉意与疲乏所围困。他仰卧在水上又顺流往下游漂去,倾听绕圈飞行、形成金黄色堆堆的晚蝇发出的细微的嗡嗡声,仰望那不时有小小的飞快的燕子掠过、为消失在群山后面的夕阳映红了的傍晚天空。当他重新穿上衣服,梦幻般地荡回家去时,暗影已经笼罩了山谷。

他打商人萨克曼的花园旁路过。还是在很小的时候,他曾经和一些孩子们在这里偷过生李子。然后经过基希纳的木工场,那里到处堆放着白色的松树木料,从前他常在那下面找到钓鱼用的蚯蚓。他也经过督察盖斯勒的小屋，两年前他在溜冰时非常想向他的女儿爱玛献殷勤。她是本城最秀丽、最风雅的女学生，和他同年。当初有一段时间没有比能和她谈一次话或是握一次手更叫他向往的事了。但是这个愿望始终未能实现，因为他太怕难为情了。从那以后，她给送进寄宿学校，汉斯简直不知道她是什么模样了。但是现在他又想起了这些儿时的往事，好像来自遥远的地方，它们具有这么强烈的色彩，具有迄今所经历的一切所未曾有过的那样奇怪的充满遐想的气息。那时日子过得才有意思呢！那时，傍晚时分，他坐在丽瑟家门前削土豆，听故事；星期天他一大清早裤子卷得高高的，偷偷地在下堤堰那儿去摸鱼捉蟹，事后穿着湿淋淋的节日衣服挨父亲一顿打。那时有过那么多谜一样的不可思议的事物和人，这些如今他已有很久没有再去想过。弯脖子小鞋匠施特罗迈耶，大家都知道他毒死了他的老婆，还有那个传奇式的"贝克先生"手拿棍棒，背着包邀游了整个专区，人们都叫他做"先生"，因为他从前是个有钱人，曾经有过四匹马连同一辆马车。关于这些人，除了名字之外，他什么都不知道，他模糊感到他已丧失了这个偏僻狭小的凡俗世界，而又未曾得到一些生动活泼、值得体味的东西来替代它。

因为第二天他还放假，早上他一直睡到很晚，享受着他的自由。中午他去接父亲，父亲心中还充满着斯图加特之行的欢乐。

"如果你考取了,你可以向我提些要求,"他兴致勃勃地说,"你考虑考虑!"

"不,不,"汉斯叹着气说,"我肯定考不取。"

"笨东西,你怎么啦!你还是为自己提些要求吧,趁我现在还不曾反悔!"

"我想假期里再去钓钓鱼。可以吗?"

"好,考取的话你可以去。"

第二天是星期天,下了暴雨。汉斯有好几小时坐在他的小房间里一边看书,一边沉思。他再一次详详细细地回忆自己在斯图加特的考试情况,但总是得出同一结论:他倒了无可挽回的楣,他本来是可以考得好得多的。录取是无论如何不可能的了,该死的头疼病啊!他愈来愈担心起来,一种莫大的不安促使他终于走到父亲那里去了。

"爸爸!"

"你要什么?"

"想问一问。是为了提要求的事,我想还是不去钓鱼吧。"

"哎,怎么现在又变卦了?"

"因为我……噢,我是想问问,我能不能……"

"你说出来好了,别装模作样了!你说,是什么呀?"

"要是我考不取,能不能去上高中?"

吉本拉特先生不吭一声。

"什么？高中？"后来他爆发了，"你上高中？谁给你出这个主意的？"

"没有谁。我只不过这样想罢了。"

汉斯脸上表露出他内心的巨大恐惧，但是父亲没看见。

"走吧，走吧，"他不耐烦地大笑着说，"这是你过度紧张的结果。去上高中！你大概以为我是商业局长吧！"

他频频挥手表示拒绝，使得汉斯只好放弃要求，失望地走了出去。

"这个孩子！"父亲在他背后气愤地骂着，"亏他想得出！他现在都想去上高中了！你别打错主意了。"

汉斯在窗台上坐了半小时，凝视着新擦过的地板，作着种种设想：假如进神学校、进高中和大学的事真的都不成功，那会怎样。他会被送到一家干酪铺去当学徒或是到一个写字间去当办事员，这样，他就一辈子做一个他瞧不起的、绝对不愿做的庸庸碌碌的穷人。他那张俊俏聪明的学生脸扭成一副充满愤怒和痛苦的怪相。他怒气冲冲地跳了起来，用力吐了口唾沫，抓起那本放在一旁的拉丁文文选，使出全身力气朝最近的墙壁上扔去，然后跑了出去。外面正在下雨。

星期一早上他又去上学了。

"身体好吗？"校长问道，和他握了握手，"我本来以为你昨天就会来我这儿的！考试情况怎样？"

汉斯垂下了头。

"呐,怎么啦?你考得不好吗?"

"是的,我想是这样。"

"唔,要有耐心呀!"老先生安慰他说,"估计今天上午就会有从斯图加特来的消息。"

上午这段时间长得可怕,没有传来消息。吃午饭时,汉斯由于内心痛苦几乎咽不下饭菜。

下午,当他两点钟走进教室时,班主任已经在那里了。

"汉斯·吉本拉特。"他大声喊道。

汉斯走向前去。教师向他伸出手来。

"我祝贺你,吉本拉特,你以第二名录取了。"

教室里顿时一片肃静。门打开了,校长走了进来。

"我向你祝贺。好,现在你怎么说?"

男孩惊喜交集,浑身软瘫了。

"唔,你什么话都不说吗?"

"要早知道的话,"他脱口而出地说,"我也完全能考个第一名。"

"好,回家去吧!"校长说,"把消息告诉你爸爸。你现在不必再来上学了,反正一星期后也就放假了。"

男孩晕头转向地走到街上,看见挺立着的菩提树和在阳光照耀下的集市广场,一切和平时一样,然而一切都变得更美,更有意义,更为欢快了。他考取了!而且还是第二名!

当最初的一阵喜悦过去后,他心里充满了一片热切的感激之情。现在可以不必再避开牧师了。现在他可以升学了!现在不必害怕干酪铺,不必害怕写字间了!

现在他可以再去钓鱼了。当他回到家时,父亲正巧站在门口。

"有什么事?"父亲不加思索地问道。

"没有什么大事,他们放我回家了。"

"什么?为什么呀?"

"因为现在我是神学校的学生了。"

"喝,老天爷!你考取了?"

汉斯点点头。

"考得好吗?"

"我是第二名。"

这点父亲压根儿没料到,他不知说什么是好,一味拍着儿子的肩膀,笑着,摇着头。然后他张开嘴想说什么,但还是什么也没说,仍然只是摇头。

"好家伙!"他终于喊道。又喊了一声:"好家伙!"

汉斯冲进屋里,径直奔上楼去,到了阁楼上用力打开了空荡荡的墙上的一个壁橱,在里面乱翻,把各式各样的盒子、线团和软木都拿了出来。这是他的钓鱼工具。现在他先得削根好钓竿。他下楼去找父亲。

"爸爸,把你的小刀借给我用用。"

"干什么!"

"我要削根竿子去钓鱼。"

爸爸把手伸入口袋。

"喏,"他面露喜色慷慨地说,"给你两马克,你自己去买一把刀吧!但是不要到汉福利去买,到那边刀铺去买。"

汉斯飞奔而去。刀铺老板问起他考试的事,听到了他的好消息,拿出一把特别好的刀给他。河的下游伯吕尔桥下长着许多又细又好的赤杨树和榛树。他在那里挑选了好久,削了一根完美无缺、坚韧而有弹性的树枝,急忙拿着跑回家去。

他兴奋得满脸通红,双目炯炯,着手做起钓具来,这种工作就同钓鱼一样叫他喜爱。整个下午和晚上都一直坐在那里干。他把白色、棕褐色和绿色的线分拣出来,细心地加以检查、修整,还把一些老结和杂乱无章的地方解了开来。试了试各种形状、各种大小的软木和羽毛管,或是重新再削一些。为了加重线的分量,把小铅块敲成重量不等的球,上面还凿了洞串在线上,以稳住钓线。然后是钓钩。这东西倒还有些存货。钓钩有些扎在四股黑色缝纫线上,有些扎在一截羊肠弦上,有些扎在马鬃绳上。将近傍晚,所有的事都做完了。这样,汉斯就有把握在漫长的七周假期中不致感到寂寞无聊了。因为他可以拿着钓竿独自一人在河边度整天。

第二章

　　暑假就该是这个样子！群山上空一片龙胆草色的蓝天。几星期来，一天接着一天都是晴朗炎热的天气，只不过偶尔出现一阵猛烈的、短暂的雷雨。河水虽然流过那么多的砂岩、枞树树荫和狭窄的山谷，可还是给晒得那么热，到了晚上人们还能游泳。小城周围散发出干草和麦茬的气味，那几块狭长的庄稼地已变得一片金黄。溪边茂密地长着一人高的、开着白花、像毒人参一类的植物。它的花像把伞，上面经常爬满了细小甲虫。它的茎是空的，可以割下来做笛子和烟斗。林边，一长排一长排毛茸茸的、开着黄花的绚丽的毛蕊花光彩夺目。千屈菜和柳叶菜在它们那细长而坚韧的梗上摇摆，它们把整个山坡染成一片紫红色。枞树林中长着高大的红色毛地黄，它们有银白色毛茸茸的宽宽的根生叶，结实的茎和一串串鲜红的铃形花，样子庄严、美丽、奇特。此外还有多种多样的菌类：又红又亮的蛤蟆菌，肥肥宽宽的石菇，稀奇古怪的婆罗门参，红色多叉的珊瑚菌，还有那很古怪的、没有颜色的肥肿的小晶兰。树林和牧场之间许多杂草丛生的田埂上，盛开着像火一样的、通红坚韧的金雀花。接着是长长的一条条淡紫红的石南，然后是牧场本身，那些草地大部分准备收割第二次。草地上五光十色地长满了碎米荠、剪秋罗、柴苏、山萝卜。阔叶林中燕雀不停地在歌唱；松林里，火红的松鼠在树梢间东奔西窜；田埂上、墙边、枯沟里有绿色的蜥蜴在暖和的气温中舒适地呼吸着，身子闪闪发光。草地那边不断传来高亢震耳的没完没了的蝉鸣。

小城在这个季节具有浓厚的乡村味，道路上满是干草车，空气中飘散着干草的清香，到处可听到磨镰刀的霍霍声。要是没有那两个工厂，人们会以为自己是置身在一个小村庄里呢！

假期的第一天一清早，老安娜几乎还没起身，汉斯就在厨房里不耐烦地等喝咖啡了。他帮着生火，从盆里取来面包，用鲜牛奶掺凉了咖啡迅速灌下肚子，面包往口袋里一塞，就跑出去了。他在铁路堤坡上站住，从裤袋里掏出一只圆圆的铁皮盒子，开始勤快地捉起蝗虫来。火车从这儿开过——不是轰隆轰隆地奔驰而去，而是从从容容地向前行驶，因为那段线路很陡，列车上尽是敞开着的车窗，乘客寥寥无几，一道长长的欢乐的蒸气迷雾留在车后迎风飘荡。他目送着火车驶去，看着白色迷雾缭绕而上，不一会儿消逝在阳光灿烂、晴朗明媚的清晨天空。他已经有多久没见到这种景象了啊!他深深地呼吸着,好像要把那已经失去的美好时光加倍地夺回来,再一次无拘无束、无忧无虑地做一个小男孩似的。

他带着装蝗虫的铁盒和新钓竿走过桥去,穿过花园,向漾潭——这条河的最深地段——走去,此时他的心充满猎人的兴致,乐滋滋地怦怦直跳。在那里垂钓,倚着柳树,舒适安静,无人干扰,再没有比这儿更好的地方了。他解开钓丝,串上一颗小铅珠,毫不留情地把一只肥硕的蝗虫穿在钓钩上,用力把钓钩一甩,朝河中心扔去。这个从前玩过的非常熟悉的游戏便开始了:小鲫鱼一群群聚集在钓饵周围,试图把钓饵从钓钩上撕下来。一会儿钓饵被吃掉了。于是再穿上第二只蝗虫,接着又穿上第三只,第四只,第五只。汉斯一次比一次小心地把蝗虫穿牢在钩上,最后又多串上一粒铅珠来加重钓丝的分量。这时第一条像样的鱼游来试探钓饵了。它稍微扯了一阵,放开了,又来试一试。现在它咬住钓饵了——一个有经验的垂钓者是能从通过钓丝和钓竿传到手指上的扯动感觉到这点的!汉斯不自然地猛力一拉,接着开始小心翼翼地往上曳。鱼儿挂在钩上,看得见它时,汉斯认出那是一条斜齿鳊鱼。从这种鱼的白里带黄、亮晶晶的宽肚子,三角形的头,特别是从它那美丽的、肉红色的腹鳍,人们立刻就能识别出来。这鱼大约有多重呢?他还没有能估计出来,鱼儿就一个劲地拼命挣扎,胆怯地在水面上打了一个滚逃脱了。汉斯还看见鱼儿在水中转了三四圈，然后像一道银白色的闪电，急速潜入深水中不见了。这条鱼没有咬好钩子。

这时垂钓者情绪激动起来，开始全神贯注地进行捕捉。他的眼睛锐利地、目不转睛地盯住细细的棕色钓丝，望着它和水面接触的地方。他的两颊泛起红晕，他的动作干净利落，迅速而有把握。第二条鳊鱼上了钩，给拉上来了，接着钓上来一条小鲤鱼，这样小的鱼给钓上来几乎有点可惜。随后，接连钓了三条梭子鱼。钓到梭子鱼特别叫汉斯高兴，因为父亲喜欢吃这种鱼，这种鱼腹部肉肥、鳞小、胖胖的头上还长着可笑的白须，眼睛细小，下腹部细长。鱼的颜色介于绿色和棕色之间，一离开水上了岸，就闪烁地发出铁青色。

在这当儿，太阳已经高高升起，上堤堰旁的浮沫闪耀着雪白的亮光，暖和的空气在水面上颤动。抬头仰望，可以看到莫克山上空飘着几朵巴掌大的耀眼的云彩。天气热起来了。碧蓝的半空中宁静洁白地飘浮着几小片安详的云彩，光亮炫目，不能久望。没有比这些云朵更能表达出盛夏的炎热了。如果没有这些云朵，从蓝天和像镜面一般的河水的闪光来看，人们压根儿不会觉察天气有多热。然而，人们一见到那些像泡沫一样、鼓成一团的中午的云彩，就会突然感到阳光炙人，要想找块阴凉地方，并且不时地用手去擦额头上的汗水。

汉斯渐渐放松了对鱼钩的密切注视。他有点儿疲倦。反正中午几乎是钓不到什么鱼的。在这段时间里,白鱼,连那些最大最老的也一样,会游上水面来晒太阳。它们黑压压地成群结队,贴近水面梦幻似地逆流而上,有时会突然无缘无故地惊散,这种时候它们是不会上钩的。

汉斯让钓丝挂在柳枝上任它垂入水中,自己则坐在地上观赏绿色的河水。鱼儿慢慢地游到水面上来,一条又一条暗黑的背影出现在水面——那静悄悄地缓缓游着的、被暖气所吸引、所蛊惑的鱼群。它们在温暖的水中大概很舒适吧!汉斯脱掉靴子,把脚放进表面一层暖呼呼的河水中。他打量着钓到的鱼,它们在一只大喷水壶里游来游去,只是偶尔发出轻轻的拍击声。鱼儿是多么好看啊!它们每动一下,鱼鳞和鳍就闪闪发光。显出白的、褐色的、绿的、银灰的、淡黄的、蓝的和其他种种颜色。

这时四周一片沉寂。几乎听不到有车辆过桥的声音,连磨坊的格格响声在这儿也只是隐约可闻。只有从白色堤堰那儿不停地传来柔和的潺潺声以及河水在木筏杆旁流过发出轻微的拍击声。

一年来漫长地、无休止地学习希腊文、拉丁文、语法、修辞、数学和背诵等等,这一切痛苦的折磨在昏昏欲睡的天热时刻都静静地沉没了。汉斯有些头疼,但不像往常那样厉害。现在他到底又可以坐在河旁了,看着泡沫在堤堰旁消散,眯着眼注视钓丝,还有那钓到的鱼儿在身旁的水壶里游动。这是多么引人入胜啊!这时,他突然想到邦试已经通过,还考了个第二名,便用光脚拍打着河水,两只手插在裤袋里开始用口哨吹起个调来。虽然真正像样的口哨他是不会吹的,这是他由来已久的一项苦闷,为这事受尽了同学们的嘲笑。他只会从牙缝里吹,只能发出轻微的声音,但是一般使用也已足够,何况现在也没有人会听见。旁人现在都在学校里上地理课,只有他一个人自由自在。他已经超过了他们,他们现在都落在他后面了。因为他除了奥古斯特之外没有别的朋友,加之他对同学们的那些嬉戏和殴斗根本不感兴趣,所以他们把他折磨得够苦的。嗬,现在他们可要羡慕他了,这些狗东西,这些笨蛋。他是那样地蔑视他们,以致一会儿停止了吹口哨,噘噘嘴做个瞧不起的表情,然后他收起了钓丝,不由得笑起来,因为鱼钩上连一丝钓饵都没有了。盒子里剩下的蝗虫给放掉了,它们昏昏沉沉无精打采地爬进了矮草丛中。附近的红色鞣皮场已在午休;现在是回去吃饭的时候了。

吃午饭时,他几乎一句话也不说。

"你钓到鱼了吗?"爸爸问。

"五条。"

"嗬,是吗?唔,你可要注意别钓老鱼,不然往后就没有鱼仔了。"

没有再接下去谈。天气那么热，可惜饭后不能立刻去游泳。这究竟是为什么呢？说是对身体有害！对身体有害是没有的事，汉斯知道这事比别人清楚，他过去不顾家里禁阻常常去游泳。但现在再也不去了，不能干这种淘气事了，他已经长得够大了啊。天哪，在考试时人家都用"您"称呼他呢！

不过，在园中的红松树下，躺上一小时倒也不错。那里有足够的树荫，可以看书，也可以观赏蝴蝶。就这样，他在那儿一直躺到两点钟。差一点睡着了。可是现在去游泳吧！浴场草地上只有几个小男孩，大孩子们还坐在学校里呢，汉斯想到他们颇有幸灾乐祸之感。他慢慢地脱下衣服，下了水。他懂得冷热交替地尽情享受，一会儿游泳、潜水、拍打水，一会儿又趴在岸上让很快晒干的皮肤感到太阳光在烘烤。小男孩们蹑手蹑脚地围到他身旁来，充满敬意。是啊！他是个有名人物啦。而他看起来确实与众不同。细长的被太阳晒黑了的脖子上长着一个出色的脑袋，带着一张聪明的面孔和一双有神的眼睛，显得潇洒雅致。此外他则是十分瘦弱，四肢纤细，连胸背上的肋骨都数得出来，小腿肚几乎是瘪瘪的。

他在太阳下，在水里玩了几乎整整一下午。四点过后，他班上的大部分同学匆匆忙忙、吵吵嚷嚷地跑来了。

"啊哈，吉本拉特！现在你可好啦！"

他舒坦地伸直四肢说:"还可以,唔。"

"你什么时候去神学校?"

"九月里才去,现在是放假。"

他任凭他们羡慕他。连听见背后有人说挖苦话,他都无动于衷。有一个人在唱这首歌:

> 假如我也能像丽莎贝,
> 那该有多美!
> 她白天还躺在床上混,
> 我可没有这个福分。

他只是一笑置之。这时,男孩们脱下衣服,有一个立即跳进水中,另一个先小心地凉凉身子,有些还先在草地上躺一会儿。有一个很会潜水,受到人家赞赏。有一个胆小的被别人从背后一推,栽进水里大喊救命。他们相互追逐,跑啊,游啊,用水泼岸上身子干的人。泼水声、喊叫声响成一片,整个河面上闪烁着湿淋淋的、精赤条条的白身子。

一小时后,汉斯就走了。温暖的夜晚已经降临,这是鱼儿又会来吞饵的时候。他在桥上,一直钓到晚饭时刻,一条都没钓到,鱼儿贪婪地追逐着钓钩,鱼饵一会儿就被吃掉了,可就是没有上钩。在钩上插的是樱桃,显然太大,太软。他决定以后再试一次。

吃晚饭时,他听说已有不少人来向他道喜。人家给他看当天的周报,在"官方新闻"一栏里登了一条消息:"本城此次推荐参加初级神学校入学考试仅有一名考生,即汉斯·吉本拉特。顷欣悉该生已被录取,名列第二。"

他把报纸折起来,放进口袋,一句话也不说,但内心充满自豪和欢快,几乎要爆炸了。随后他又去钓鱼了。这次他带一些干酪片做鱼饵,这是鱼儿喜欢吃的,就在黄昏时分,它们也能看得清楚的。

他没带钓竿,只拿了非常简单的手钓工具。这是他最喜欢的一种钓鱼方法:手上不拿钓竿,也没有浮子。只拿一根钓丝,也就是说:全部钓具只是用麻丝和钓钩组成。这样垂钓比较费力,但也有趣得多,可以掌握鱼饵的每个细微的移动,感觉到鱼儿的任何试探和吞饵的动作,在拉麻丝的时候还能观察鱼的动静,仿佛它们就在自己眼前似的。当然,用这种办法钓要凭经验,手指要灵活,而且要像一个侦探那样监视着。

黄昏降临得很早。在那狭窄、深邃弯曲的河谷里,桥下河水黝黑而平静,下边磨坊里已点起了灯。桥上和巷里都有人聊天和歌唱,空气有些闷热,河里不时有暗黑色的鱼儿猛地蹿出水面,在这样的傍晚,鱼儿特别活跃。来来往往穿梭不停地曲折游动,向空中跳跃,在钓丝旁互相碰撞,盲目地扑向鱼饵。用最后一小块干酪时,汉斯已经钓到了四条较小的鲤鱼,明天他要把这些鱼带给本城牧师。

一阵和风吹过山谷。大地已经十分昏暗,但是天空还有亮光。在这整个夜幕降临的小城上方,只见教堂的塔楼和宫堡的屋顶黑黑地,清晰地耸立在明亮的天空。很远的什么地方大概在下暴雨,有时可以听到一阵隐约的遥远的雷鸣声。

汉斯十点钟上床时,他感到头脑和四肢出现了一种久已没有过的舒适困倦感觉,一长串美好的、自由自在的夏日,平静而诱人地在等待着他,这是些可以用来漫游、游泳、钓鱼、梦想的日子。只有一件事使他郁闷,就是他没有考上第一名。

一清早,汉斯来到牧师家的前廊送鱼。牧师从他的书房走出来。

"啊,汉斯·吉本拉特!你早!我向你祝贺,衷心向你祝贺!——你带什么来了呀?"

"不过是几条鱼,我昨天钓到的。"

"哎,瞧你的!非常感谢。你就进来吧!"

汉斯走进这间他熟悉的书房。它看上去实在并不像是牧师的书房。既闻不到花朵的芳香,也没有烟草味。相当可观的藏书书脊几乎都是干干净净的漆皮或是烫金的,都不像通常在牧师藏书架上看到的那些褪了色、歪歪倒倒、虫蛀起霉的书。如果更仔细地观察一下，从那些理得整整齐齐的书本的标题上可以看出一种新的精神，一种不同于垂死一代的那些老派而可敬的老爷的精神。牧师藏书中作为摆设用的珍本，例如：本格尔、厄廷格尔、施坦霍弗尔①等人的作品，连同一些正如莫里克②在《塔上的风标》里那样动听地加以歌颂的虔诚歌手们的作品等等，这里都是没有的，要有的话也是寥寥无几，湮没在大堆的现代书籍中了。总而言之，连同杂志夹、高脚桌和摊满了纸张的大写字台，全都有一副博学严肃的模样。人们有这样的印象：这儿是埋头工作的地方。而在这里，的确也做过不少事，自然，传教、教义问答以及《圣经》课等方面的事，要比进行研究工作和给学术性刊物写文章以及为自己写书籍作准备工作这些方面的事来得少。在这儿不允许存在梦幻般的神秘主义和充满预感的冥思苦想，甚至连超越科学界限的、以爱与同情迎合众人如饥似渴的心灵的那种天真的心灵神学也被排除在外。在这里，代替那些的却是对《圣经》进行热烈的评论和对"历史上的基督"进行探索。

　　神学与别的学问，并没有什么不同。有一种神学，那是一种艺术；而另一种神学，那才是科学或者至少是想力求成为科学。从古以来就是如此，科学的东西往往是为了找新瓶

---

① 本格尔、厄廷格尔、施坦霍弗尔，均是德国宗教家。
② 莫里克(1804—1875)，德国诗人。

反耽误了装陈酒那样，不能两全其美①，而艺术家们则在无忧无虑地坚持着不少表面错误的同时，给人以慰藉和欢乐。这是批评与创造，科学与艺术之间久已存在的力量悬殊的斗争，在这方面批评和科学总是有理的，却未能讨好于人，而创造和艺术却不断在散播信仰、爱情、慰藉、美梦和永生感的种子，而且不断能找到肥沃的土壤。因为生比死强，信仰比怀疑有力。

汉斯第一次坐在高脚桌子和窗户之间的小皮沙发上，牧师特别客气。他像待朋友似地对汉斯谈到神学校以及那里的生活和学习情形。

牧师最后说："你在那儿会遇到的最重要的新鲜事，就是开始学习《新约全书》的希腊文。它会给你开辟一个新的天地，充满了劳动和欢乐的天地。起初你会觉得它的语言很费劲，因为它不再是古雅的希腊文，而是一种新的、一种新精神所创造出来的语言。"

汉斯留神地听着，自豪地感到自己已接近真正的科学了。

"按照学校安排的方式带领你们进入这个新天地，"牧师继续说，"自然会使它的魅力减弱不少，而且在神学校

---

① 原文直译为："……为了新皮袋反耽误了装陈酒。"皮袋装酒，参见《圣经·新约全书·马太福音》九章十七节。

里，希伯来文也许首先就会片面地花掉你许多精力。因此，假如你有兴趣的话，这个假期里我们就可以先开始学一点儿。那样，在神学校里你就可以把时间和精力留下来用到别的方面去，这一点你一定会高兴的。我们可以一起读几章《路加福音》，而你可以几乎像闹着玩似地附带学习这种语言。字典么，我可以借给你。每天你花上一小时，最多两小时就行了。更多当然不必要。因为你现在首先还是理所当然应该休息。自然这只是一个建议啰！——我并不想以此来破坏你美好的度假情绪。"

汉斯当然是同意的。虽然，这种《路加福音》的学习宛如一朵薄云出现在他自由的愉快的晴空，可他是不好意思拒绝的。而且，在假期里顺便学习一种新的语言，肯定比做功课要有意思。但不管怎样，想到进神学校后要学的那么多新东西，他不免有些害怕，特别是希伯来文。

他并非不满意地离开了牧师的家，穿过落叶松路向树林走去。那微微显出不快的情绪已经烟消云散，他愈想这事愈觉得这个建议是可以接受的。因为他十分明白，如果在神学校想名列前茅，非下苦功不可。而名列前茅是他坚决想做到的。究竟为什么？他自己也不知道。三年来大家都注视着他。老师、牧师、父亲、尤其是校长，都鼓励和督促他不断努力学习。在整个一段长长的时间里，从一个年级到另一个年级，他始终是无可争议的第一名。而今他自己身上也渐渐滋长了出人头地、不容他人赶上自己的骄傲情绪。那种愚蠢的对考试的恐惧感现在已经过去了。

当然,放假实在是最美的事。树林在这样的清晨时刻重又显得异常的美丽,在这时刻除他之外,就没有旁人在林中散步!赤松像一根根柱子挺立着,搭成一个无尽头的青绿色的拱形大厅。矮树丛并不多,只是偶尔有几处可以看到茂密的覆盆子树丛。多的却是一块块长满矮小的越橘和宽阔松软像毛皮的青苔地。露水已干。挺拔的树干之间还飘散着林中特有的那种早晨闷热的空气,它是由太阳的热气、露水的蒸汽、青苔的清香以及松香、松树和菌类的气味混杂而成的。它谄媚地偎依着人们的全部感官,使人有点陶醉。汉斯在青苔上躺下,边摘边啃着长得茂密乌黑的草莓,倾听着这儿那儿有啄木鸟在叩击树干,嫉妒的杜鹃在啼鸣。在一团团黑压压的松树梢之间能瞧见碧蓝无云的晴空,远远望去成千上万棵笔直的树干筑成一堵棕褐色庄严的墙。有些地方可以看到一片黄斑阳光和煦明亮地撒落在苔藓上。

汉斯本想好好散散步,至少要一直走到吕茨勒农场或是番红花草地那么远。此刻他却躺在青苔地上,吃着草莓,懒散地仰望着天空发愣。他自己都开始感到奇怪,怎么会那么疲倦。从前,对他来说走三四个小时根本不算回事。他决定振作起来,好好走上一段路。可是才走了几百步就又在青苔上躺下休息了,也不知是怎么回事。他躺着不起来,眨着眼睛,朝着树干、树梢和绿色的草地乱转。这种空气竟叫人疲倦得这样!

中午回到家,他又感到头疼。眼睛也疼,因为走在林间小径上,太阳太耀眼了。半个下午都待在家里好不厌烦。直到去游泳后才神清气爽。现在又该是到牧师家去的时候了。

他走在路上,给鞋匠弗莱格看到了,鞋匠正坐在店铺窗口的三脚凳上,喊他进去。

"上哪儿去,好孩子?怎么看都看不见你啦?"

"现在我得上牧师家去。"

"还要去吗?不是已经考过了吗?"

"不错,现在是学别的,学《新约全书》。因为《新约全书》是用希腊文写的呀,可完全是另一种希腊文,和我以前学的不一样。他要我现在学。"

鞋匠把帽子向后脑勺一推,皱起他那善于思索的眉头,显出深深的皱纹。他吃力地叹了一口气。

"汉斯,"他低声说道,"我要和你谈谈。因为你考试,我一直没有对你说,可现在不得不提醒你。你自然也晓得,这牧师是不信神的,他会告诉你,甚至会欺骗你,说《圣经》是假的,是骗人的东西。如果你向他学《新约全书》,那么你连自己的信仰都会丢掉,而且还不知是怎么丢的。"

"可是,弗莱格先生,这只是关系到学希腊文呀,反正到神学校我也得学的呀。"

"那是你这么说。可是跟谁学《圣经》,跟虔诚认真的老师学,还是跟一个不再信仰亲爱的上帝的人学,那完全是两码事。"

"不错,可我们也不知道他是不是真的不信上帝呀。"

"不,汉斯,可惜的是我们是知道的。"

"那我该怎么办呢?我已经和他讲定了要去的。"

"那么,你自然只好去了。不过,要是他对《圣经》说那样的事,说它是人编造出来的,是骗人的,根本不是受圣灵启示而成的,那你就到我这里来,我们再讨论讨论。你愿意吗?"

"好,弗莱格先生。可我想情况一定不会这样糟。"

"你会懂的;记住我说的话!"

牧师还没回家,汉斯不得不在书房里等他。汉斯看着那些烫金的书名时,想起了鞋匠师傅的谈话。他已经好几次听到过这一类对牧师和那些新派教士的议论。然而他现在第一次紧张而好奇地感到自己也卷入这种事里去了。他认为这事并非像鞋匠说的那样重要和可怕,相反,他感到这是探索古老的伟大奥秘的机会。在刚上学的头几年里,关于上帝的无所不在,关于灵魂不灭,关于魔鬼和地狱等一系列问题曾引起他进行过奇妙的思索,可是这一切在最近几年因忙于艰苦学习都忘怀了。他那合乎学校要求的对基督的信仰只有在和鞋匠谈话时才偶尔苏醒,成为有些个人乐趣的东西。他拿鞋匠和牧师作比较时,不由得要笑起来。鞋匠在艰苦的岁月中所形成的坚定性是这男孩所不能理解的,再说,弗莱格是个虽然聪明但思想单纯的人,因为他的偏执而受到许多人的嘲笑。在虔信派教友集会上,他俨然以一个严厉的教友、法官和一个有权威的《圣经》阐释者的面貌出现,他也到周围村子里去主持祈祷会。而平时他只不过是个小小的手艺工人,和其他人一样狭隘。相反,牧师不仅是一个能说会道的人和传教士,而且还是个勤奋、严格的学者。汉斯怀着敬畏的心情仰望着那些藏书。

不一刻,牧师回到家里。他脱下礼服换上黑色便服,把一本希腊文版的《路加福音》书递到学生的手中,要求他念。这和学校上拉丁文课完全不同。他们只读几个句子,逐字加以翻译。然后老师通过一些意想不到的例子,巧妙地、雄辩地发挥了这种语言特有的思想,谈到这本书产生的时代和方式,仅仅在一小时内给男孩灌输了一种完全是新的学习与读书的概念。汉斯刚刚领悟到,在每一行诗、每一个字里都隐藏着怎样的谜一般的奥秘和问题。自古以来成千上万的学者、思想家和研究者怎样为解答这些问题绞尽脑汁。他觉得似乎此刻自己也被吸收进这个探索真理者的圈子里了。

他借了一本字典和一本语法书,回家后继续学习了整整一个晚上。现在他意识到要踏上真正的研究之路,需要翻过多少学习和知识的高山,他愿意去闯出一条路来,决不半途而废。鞋匠的告诫此时已被忘却。

几天来这门新的功课花去了他整个的精力。他每晚都到牧师家去,每天都觉得真正的知识更美、更难、更值得努力去学。他每天清早去钓鱼,下午去游泳,除此之外很少出门。潜伏在考试的恐惧和凯旋之中的功名心重又冒头,搅得他不能平静。同时,近几个月来,他脑子里常常感到的那种独特的感觉又活动起来了——不是疼痛,而是一种加速了的脉搏跳动和十分激昂的力量的急于求成的欲望,一种急躁的上进心。事后自然又出现了头疼。但是,只要那种低烧不退,他的学业就能迅猛进展,他读色诺芬最难的文句,平时得花上几刻钟时间,这时却像是游戏似地轻而易举,这时他可以几乎完全不查字典,而是以敏锐的理解力,迅速欢快地一目十行读完整整几页艰深的文字。随着这种学习热情和求知欲的高涨,他心里产生了自豪感,仿佛学校、老师和求学年代统统已经过去,他已经踏上一条攀登知识顶峰的自己的道路。

这种感觉常常向他袭来,同时他睡眠不稳,常常醒过来,做的梦却特别清楚。每当晚上因头疼醒来,再也睡不着时,就会突然出现一种要求上进的急躁心情。而每当他想起,自己已远远超过所有的同学,想起老师和校长带着一种重视甚至是欣赏的态度看待他时,他会产生一种优越的自豪感。

校长启导着这种经他激发的美好的功名心，看到它在成长，内心暗自高兴。我们不能说学校的老师没有感情，是思想僵化和失去灵魂的学究。唉，不是的，看到一个长期未显露才华的孩子突然迸发出天才，看到一个男孩放弃了木剑、弹弓、弓箭和其他幼稚的游戏，看到他开始要求上进，看到一个面颊圆圆胖胖的粗野孩子通过认真学习转变成一个出色的、严肃的、几乎是苦行僧似的男孩，看到他的脸变得老练和聪明，他的目光变得更深邃、目标更明确，手变得更洁白、更安分，这时，教师就会愉快和自豪得心花怒放。他的职责和国家委托给他的任务是束缚和铲除年幼男孩的本性粗野的力量和欲望，代之以树立一种宁静的、适度的和国家认可的理想。如今的某些知足的市民和勤奋的官员，倘若没有学校这种努力，不知其中会有多少人变成放任不羁、鲁莽从事的改革家或者想入非非、一事无成的梦想家呢！这些人身上野蛮的、不守规矩的、毫无文化的东西必须预先摧毁，危险火苗必须先行扑灭。自然界所创造的人是些猜不透、看不清、危险的东西，他是一股从未知的山上倾泻下来的洪流，是一片没有道路和秩序的原始森林。正像原始森林必须加以砍伐、整理和强加限制一样，学校必须摧毁、征服和强力限制这种自然人。它的任务是按照官方批准的原则把他们教育成社会有用的一分子，唤起他身上的某些品质，这些品质的充分培养，是靠营房中的严格训练来达到登峰造极的地步。

小吉本拉特的发展是多么顺利啊！他几乎自动放弃了闲逛和嬉戏，上课时的傻笑，很久以来从未出现，搞园艺养兔子以及钓鱼的习惯也都戒除了。

一天晚上，校长先生亲临吉本拉特家。他说了几句客气话，摆脱了受宠若惊的父亲之后，走进汉斯房内，发现他正在读《路加福音》书，便十分亲切地招呼他说：

"这很好，吉本拉特，又在用功啦！可是为什么你一次也不来啦？我每天都在等你啊。"

"我本来要来的，"汉斯抱歉地说，"可是我想给您至少捎一条漂亮的鱼去。"

"鱼？什么鱼啊？"

"哦，一条鲤鱼或者别的什么。"

"啊，原来是这样！唔，那你又去钓鱼了？"

"是的，只是稍微钓一会儿，爸爸同意的。"

"哼，原来是这样。你觉得钓鱼很有趣？"

"是的，是很有趣。"

"好，好极了，你这假期是发了狠挣来的嘛。这样你现在大概没有多少兴趣顺便再学习了吧？"

"不，校长先生，当然还是有的！"

"我可不想强迫你去做你并不感兴趣的事。"

"当然我是有兴趣的。"

校长深深地呼吸了几口气，摸摸稀疏的胡须，在一张椅子上坐下。

"你看,汉斯,"他说,"事情是这样的。这是老经验了,考试取得优异成绩之后,往往跟随而来的是成绩突然倒退。在神学校里要增加许多新功课。那时总会有一批学生——这往往就是那些入学考试成绩不太好的学生——在假期里已经作了准备,他们到那时突然会蹿了上来,而把那些在假期中躺在桂冠上睡大觉的人抛到后头。"

他又叹了口气。

"你在这儿的学校里轻而易举地总是得第一。可是到了神学校,你就会发现另外一些同学,尽是些有天赋的,或是非常用功的人,不是那么随随便便就赶得上他们的。你懂吗?"

"哦,是的。"

"所以我劝你在这个假期里先做些准备工作。当然是要有节制的!你现在有权利有义务好好休息。我想每天花一两个小时可能是最合适的。如果不这样做,很容易出岔子,事后得花几个星期才能再赶上去。你的意见怎样?"

"我完全愿意,校长先生,如果你肯帮助我……"

"好。除了希伯来文之外,到了神学校,尤其是荷马,会给你开辟一个新的世界。如果现在就打好牢固的基础,你阅读这部作品时就会有双倍的欣赏乐趣和理解能力。荷马的语言、古希腊爱奥尼亚的方言连同荷马韵律诗都是很有特色的，是别具一格的，如果真要欣赏这种文学，必须扎扎实实地刻苦学习才行。"

汉斯当然十分愿意也到这个新天地去闯一番，他答应尽最大的努力去做。

可是要费脑筋的事还在后面呢。校长轻轻地清了一下嗓子亲切地接着说：

"坦率地说，如果你愿意花几个小时学数学，我也是非常高兴的。你的算术能力并不坏，可是数学至今究竟还不是你的特长，在神学校里你得开始学代数和几何，先准备几课还是有好处的。"

"好的，校长先生。"

"你知道，你来，我总是欢迎的。看着你成为一个干练的人才，是我义不容辞的职责。但是关于数学的事，你得找父亲谈谈，请他同意你到教授先生那里去上个别辅导课，每星期大约三到四个钟头。"

"好的，校长先生。"

勤奋学习又盛开出最令人喜悦的花朵。每当汉斯偶尔再去钓鱼或是散步个把钟点时，总像是在做什么亏心事。汉斯平常游泳的时间给数学老师选作上课的时间了。

这种代数课，无论汉斯怎样用功都没能激发起他的兴趣。这可真是苦事：在炎热的下午，不能到浴场游泳，却要到教授的闷热的书房去，在那布满灰尘、蚊子嗡嗡叫的空气里，头脑昏昏沉沉干着嗓子念 a 加 b 和 a 减 b。这时，空气里飘浮着一种使人慵倦和简直透不过气来的东西，在坏天气里会转变为郁郁寡欢和绝望的气氛。他学习数学的情况真是古怪。他并不是那种对数学不开窍、不能理解的学生，他有时解题解得很好，甚至很巧妙，从而得到乐趣。他喜欢数学并非出于误会，并非受骗，他不可能离题而去触及一些吓唬人的次要领域。出于同一原因，他非常喜欢拉丁文，因为这种语言清楚、准确，不模棱两可，几乎没有什么可能产生误会的地方。可是在算题目时，尽管一切答案都对，但并没有领悟出什么正确的道理来。他觉得做数学作业和上数学课犹如在平坦的大道上漫步，人不断在前进，每天都能多懂得一些昨天还不懂的东西，可永远也攀登不到能突然望见广阔远景的高峰。

在校长那里上课比较活泼生动。自然，牧师懂得处理《新约全书》里变了种的希腊文，教得比校长传授富有青春活力的荷马语言更为吸引人，更加精彩。可是最终还是荷马占了上风，最初的难点一过去，就会给人意想不到的收获和享受，就会继续产生不可抗拒的吸引力。汉斯常常会极度焦急和紧张地坐在神秘悦耳、难以理解的诗句前面，迫不及待地要在字典里找到给他打开那幽静欢快的花园之门的钥匙。

现在他的家庭作业又是够多的了，有时晚上很迟还坐在书桌旁硬着头皮做作业。老吉本拉特看到儿子这样勤奋感到自豪。他那迟钝的脑袋里模模糊糊存在着那么多见识短浅的人所怀有的理想，希望能看到从他的树干上长出一根枝条，超过自己到达他怀着模糊的敬意所企望的高度。

在假期的最后一周里，校长和牧师突然又显得特别和善、体贴，他们要汉斯去散步，课也停了，还强调说，精力充沛、神清气爽地踏上新的征途是多么重要。

汉斯又去钓了几次鱼。他头疼得厉害，心不在焉地坐在河岸旁，如今河水映照出来的是初秋时分蔚蓝色的天空。他觉得难以解释，何以他当初那样为暑假的来到而感到欢欣。现在他倒觉得，暑假已过，要到神学校去了，那才高兴呢。在那里将开始一种迥然不同的生活和学习。由于他毫不在乎，因此他几乎再也没有钓到鱼，有一次父亲对此挖苦了一句，他就再也不去钓鱼了。他把钓丝又放进阁楼的壁橱里去了。

直到最后几天，他才突然想起已有几个星期没有到鞋匠师傅弗莱格那里去了。就是现在他也是勉强跑去找他的。这时是傍晚，鞋匠师傅坐在住房的窗口，每个膝上坐了个小孩。尽管窗户敞开着，可满屋子都是一股子皮革和鞋油味。汉斯不好意思地握了握师傅坚硬的大右手。

"喏，你好吗？"师傅问，"你跟牧师学习很用功吧？"

"是的，我每天都去他那儿，学了不少东西。"

"学些什么呢？"

"主要是希腊文，但是也有各式各样别的东西。"

"所以我这儿就不愿意来了？"

"愿意是愿意的，弗莱格先生，可就是没有时间啊。每天上牧师家一小时，在校长那边两小时，一个星期还得到数学老师那里去四次。"

"现在是放假的时候吧？这简直是胡闹！"

"我不知道，这是老师们的意思。而我觉得学习也并不困难。"

"很可能，"弗莱格说，用手去摸摸孩子的胳膊。"学习是对的，可是你瞧你这双小胳膊瘦了，脸也是那么瘦。你还头疼吗？"

"有时还疼。"

"这真是胡闹，汉斯，而且真作孽，你这种年龄需要充分的空气和活动，需要好好地休息。放假又为的是什么呢？总不能是为了蹲书房和继续学习吧。你已瘦成皮包骨啦！"

汉斯笑了。

"好吧，你一定会硬撑过去的。但是过分的事毕竟是过分。牧师那里的课上得怎样？他说了些什么？"

"说倒是说了不少，不过完全不是什么坏话，他的知识可真渊博啊。"

"他从来没有说过关于《圣经》的什么不敬的话吗？"

"没有，一次都没有。"

"那好。因为我要告诉你：宁可毁灭肉体十次，不可损害自己的灵魂！你将来要当牧师，那是个高贵而又艰巨的职务，这需要不同于你们大多数年轻人的人来承担。也许你是合适的，有朝一日能成为灵魂的拯救者和导师。我衷心祝愿这件事，并且愿意为此祈祷。"他站起身来，两只手坚定地搭在男孩的肩上说：

"再见，汉斯，保重！愿上帝祝福你，保佑你，阿门。"

那种庄严的态度，那祈祷和用标准德语讲的话叫汉斯感到压抑和难受。牧师在告别时可没有这种做法。

随着准备行李和辞行，这几天便很快地吵吵嚷嚷地过去了。一只装了被褥、服装、内衣、书籍的箱子已经托运走了。现在还得收拾旅行袋。在一个凉爽的早晨，父子俩动身到毛尔布隆去。离开故乡，离开家庭，去到一个陌生场所，心里不免感到异样和压抑。

第三章

　　齐斯特齐恩教派的毛尔布隆大修道院坐落在本邦西北部，在林木茂盛的丘陵和幽静的小湖泊群之间。那些美丽古老的建筑物散布面积很广，造得坚实，保存完好，倒是些诱人的所在，因为它里里外外都很富丽堂皇，几个世纪来已经和那娴静、苍翠的周围景色高雅和谐地融合成一体了。凡是去修道院参观的人，可以穿过开在一堵高墙上的美丽如画的大门，来到一个开阔的、非常安静的广场。那儿有泉水在奔流，有古老肃穆的树木伫立其上。广场两侧是古老坚固的石屋，广场后面则是主礼拜堂的正面，它有一个晚期罗马建筑风格的前厅，人们称之为"天堂"，雅致优美无与伦比，令人神往。礼拜堂的大屋顶上耸立着一座小钟楼，像针一样尖，幽默风趣。它怎么能承载得住一口钟，令人不解。完好无损的十字架回廊，本身就是一件美丽的艺术品，中间嵌着一粒宝石，那就是一座精致的喷泉小教堂。这里有异常高雅的十字形拱顶的修士餐厅，再过去是祈祷室、会议室、居士餐厅、院长住宅和两座礼拜堂，这些建筑物大块大块地一个挨着一个。非常漂亮的墙壁、凸窗、门洞、小花园、一家磨坊和一些住宅，舒适愉快地围绕在这些古老雄伟的建筑物四周。门外宽阔的广场幽静、空荡，它在睡梦中同栽在它上面的树木所投下的阴影嬉戏。只有在午饭后一小时里，这儿才出现短暂的表面活力。这时会有一群青年人走出修道院，散开在这块广阔的场地上，展开一些活动、喊叫、谈笑，有时也打一场球。而一小时过后，他们便飞快地、无影无踪地消失在墙后。在这广场上，曾经有些人想到，这儿真是一块能够好好享受生活与欢乐的地方，这儿一定能够孕育出一些生动活泼、令人喜悦的东西，成熟、善良的人在这里一定能够进行他们愉快的思考，创造出美好、欢乐的作品。长期以来，人们把这座壮丽的、与世隔绝的、隐藏在丘陵和森林后面的修道院腾给新教神学校的学生们使用，好让那些敏感的年幼心灵时刻受到美和静的熏陶。同时，这些青年人在那里也能不为城市与家庭生活分心，免受世俗生活的有害影响。这样就可以促使这些年轻人在几年当中，把学习希伯来文、希腊文连同所有的副科，严肃认真地看作是他们的生活目标，将年轻心灵的整个渴望放在纯洁的和理想的学习与享受上。此外，作为一个重要的因素还有寄宿生活、强行自我教育、同学之间休戚相关的感情。负担神学校学生生活与学习费用的基金会以此来培养这些学生成为具有特殊思想的孩子，往后，随时都能看得出来——他们身上给人精心稳妥地打上了烙印。除了那些总有一天会开小差跑掉的粗野孩子外，每个施瓦本神学校学生将来整个一生当中都能叫人看得出他是从这里培养出来的。进神学校时还有母亲在场的人，毕生回忆起那些日子，都会怀有感恩和乐滋滋的激动心情。汉斯·吉本拉特不属于这种情况，他是漠然度过这一切的，可是他还是观察到了许多别人的母亲，得到了一种特别的印象。

在那些装有壁橱的大走廊里，即所谓的大寝室里，到处是箱子和篮子，由父母陪同前来的孩子们，正在忙着打开箱子，收拾他们的衣物。每人指定得到一个编了号的柜子、工作室里一个编了号的书架。孩子们和父母跪在地上打开行李。舍监犹如爵爷似的，在他们中间走来走去，有时也出些良好的主意。箱子里取出来的服装摊摊开，衬衣折折好，书籍堆起来，靴子和拖鞋排成一行行的。在主要用品方面，所有人的配备都是相同的，因为入学规定上写明至少要随身带多少件内衣，别的必需品主要该带些什么等等。一只只刻有名字的白铁脸盆取了出来，放到了盥洗室，海绵、肥皂盒、梳子和牙刷放在旁边。此外，每人还带了一盏灯，一把煤油壶和一套餐具。

孩子们全都十分忙碌、紧张。父亲们面带笑容试图帮忙，常常掏出怀表来看时间，觉得颇为无聊，企图撒手不管。整个活动的中心却是母亲们。她们把一件件服装和内衣捡出来,抹去皱纹,理好带子,仔细地试了又试,把它们尽可能整整齐齐、服服帖帖地分别放进柜子里去。同时还说些叮咛、劝告和温存的话。

"这些新衬衫你要特别爱惜,这是花三个半马克买的。"

"脏衣服每个月交火车托运回来——如果急用就邮寄。这顶黑礼帽只是给你星期天戴的。"

一个胖胖的、脾气很好的妇女坐在一只高箱子上,教她的儿子缝纽扣。

"如果你想家,"在另一处有个声音在说,"尽管写信给我,好在离圣诞节也不是那么了不得的远了。"

一位漂亮的、还相当年轻的妇女扫视了一下她那宝贝儿子的已经装满的柜子,用抚爱的手摸了一下那一叠叠衬衣、上装和裤子。做完这些动作后,她开始抚摸她的孩子——一个宽肩膀、圆脸的少年。他觉得难为情,窘迫地笑着推开她,还把双手插进裤袋,以显示自己并不多愁善感。母亲显得比他更为依依不舍。

另一些孩子的情形却又相反。他们不知所措地望着忙碌的母亲,像是最好能和母亲一起回家。然而在所有孩子的头脑里都有对别离感到的恐惧和有所增长的温情脉脉、恋恋不舍的感情,在同生怕别人看见的羞愧心理和最初出现的执拗的男性自尊心进行剧烈斗争。有一些孩子恨不得号啕大哭，却强作镇静，摆出一副满不在乎的样子。母亲们对此付之一笑。

除了必需品之外，几乎人人都从箱子里取出一些奢侈品，一小袋苹果啦，一根熏肠啦，一小篮糕点啦，以及诸如此类的东西。许多人还带了溜冰鞋。最引人注目的是一个身材矮小、看上去很滑头的孩子带了整整一只火腿，他也一点不想把它隐藏起来。

哪些学生是直接从家里来的，哪些在学院、寄宿学校呆过，那是很容易区分开来的。但就是在后者身上也可以看到激动和紧张的情绪。

吉本拉特先生帮着儿子打开行李，在这方面显得十分干练。他比其余大多数人结束得都早，便和汉斯在大寝室里无聊而茫然地随便站了一会儿。因为他到处看到父亲们在告诫和教导，母亲们在安慰和劝说，孩子们在腼腆地聆听，他认为也有必要送给他的汉斯几句金玉良言，让他在人生的道路上永记不忘。他考虑了好一会儿，悄悄走到不声不响的孩子身旁，然后突然说了起来，展示了一小束名人的格言集锦。汉斯敬佩地、默默地谛听着，直到看见有个站在旁边的牧师在对这番父训揶揄地微笑时为止，这时他害臊了，把这位训话人拉到一旁去。

"唔，你会给家庭争光的，会听你老师的话的，对吗？"

"那当然。"汉斯说道。

父亲不响了,放心地吸了一口气。他开始觉得厌倦。汉斯也惘然若失,一会儿带着压抑的好奇心透过窗子朝下面幽静的十字架回廊望去,它那古色古香隐士式的端庄肃穆与这儿上面喧闹的青春生活形成鲜明的对照;他一会儿又腼腆地观察着那些正在忙碌的同学,其中还一个也不认识。那个一同在斯图加特应试的朋友,尽管他那哥平根拉丁文棒得很,好像并没有考取,至少汉斯没有见他来。他没去多想,而是在打量自己未来的同学们。虽然所有孩子们的装备品种和数量都是相同的,但很容易区分出谁是城里人,谁是农家子弟,谁富裕谁贫困。有钱人家的儿子自然很少进神学校的,一方面是出于父母的高傲或是远见,另一方面也出于孩子的禀赋;然而不管怎样还是有一些教授和大官,因为回忆起自己在修道院的年月就把孩子送到毛尔布隆来。因此,可以看出这四十个学生穿的黑色礼服料子和式样有些差异。而更不相同的是这些年轻人的举止、言语和仪表,有瘦削的、笨手笨脚的黑森林人,有蓬松黄发,阔嘴巴的粗壮的山民子弟,有态度潇洒开朗、动作活泼的平原人,有讲究的斯图加特人,他们穿着尖头皮靴,操着一口走了样的,也就是说加以美化了的方言。这些毛头小伙子中将近五分之一的人戴眼镜。有一个人,那是一个瘦弱的几乎很高雅的斯图加特人的娇儿子,戴着一顶漂亮的硬毡帽,举止温文尔雅,却没有料到，那种不寻常的装饰，第一天就引起同学中那些大胆之徒心生恶念，打算以后戏弄他，向他施加暴力。一位细心的旁观者必定可以看出，这一小群从本邦青少年中选拔出来的胆怯孩子的确是挑得很不错的。除了才智中等的——一眼就可看得出他们是注入式教育的产物——之外，其中也不乏脆弱的和倔强的少年，在他们光滑的额头后面可能半睡半醒地保存着一种更为崇高的生活。也许在那些机灵和顽强的施瓦本汉子当中有这么个把人经过这段时间业已挤进上流社会了，已经使他们那些一直是有点枯燥和顽固的思想形成为新的、强大的体系的中心了。因为施瓦本不仅为本地和世界提供了修养高的科学家，而且也足以自豪地具有哲学思辨能力的传统。这传统能力已经多次培育出一些了不起的预言家，也有邪教徒。因此，这个政治上的伟大传统远远落在后面的地区，至少在神学和哲学的思想领域里，始终对世界可靠地施加着影响。此外，自古以来在人民中也还隐藏着对美的形式和梦幻般的诗歌的爱好，因而不时涌现一些并不算差的诗人和作家。

毛尔布隆神学校的陈设和规矩，外表看来，丝毫没有施瓦本的味道。相反，除了从过去修道院时代遗留下来的那些拉丁文名称以外，近来还贴上了一些古典的标签。分配给学生们的房间名称是：古罗马广场、希腊、雅典、斯巴达、卫城，而最后一间，也是最小的一间叫日耳曼。这几乎是暗示,人们有理由要尽可能地使当前的日耳曼现实变为古希腊罗马的幻境。然而这些也仅仅是表面现象而已,实际上用希伯来文名字可能更为恰当。因此也出现了有趣的偶然性:住在雅典室的并不是胸襟开阔、能说会道的人,相反,正好是一些非常没趣的人;在斯巴达室里不是住着勇士和禁欲主义者,而是一小撮贪玩放荡的学生。汉斯和其他九个同学一道被分在希腊室。

当他第一天晚上和九个同学一起踏进那间冷冷清清的寝室,躺上他那张狭窄的学生床铺时,他心里还是有很异样的感觉的。天花板上挂着一盏大煤油灯,孩子们就在它发红的光线下脱衣,到十点一刻由舍监来把它熄掉。这时孩子们一个挨一个躺着,每两张床铺之间有一只放衣服的小椅子,柱子上拴着那根用来拽着敲打晨钟的绳子。有两三个男孩原是相识的,他们胆怯地轻声交谈了几句,过一会儿就不作声了。其余的都互不相识,一个个心情有点沉重,死一般寂静地躺在自己的床上。已经睡着的人发出深沉的呼吸声,也有人一边睡着一边伸出手臂,弄得亚麻布被子窸窣作响;还醒着的人,都是一动也不动。汉斯很久不能入睡。他听着睡在他旁边的人的呼吸声,过了一会儿听到从隔开一张床上传来一种少有的令人害怕的响声;那里有个人躺着,用被子蒙着头在哭,那轻轻的好像是从远处传来的抽泣声奇怪地触动了汉斯。他自己并没有害思乡病,然而他想到家里自己那间安静的小房间，心里仍不免有些难受。此外，想到那些茫然不知的新事物和那许多同学，也感到有点不寒而栗。还不到午夜，寝室里就再也没有醒着的人了。那些睡着的孩子一个挨一个地躺在那里，面颊贴在条纹枕头上，脸上的表情有的悲伤、有的倔强、有的快活、有的胆怯，都同样陷入甜美、深沉的休憩与忘却之中去了。古老的尖屋顶、钟楼、凸窗、尖塔、墙垛和尖拱形长廊的上方升起半个苍白的月亮。月光映照着壁架和门槛，泻在哥特式的窗户和罗马式的门洞上，淡黄色光线在回廊喷泉的高雅的大圆盘里颤动。淡黄色月光穿过三扇窗户射进希腊室的卧室，形成几条光带、几个光斑，它们和梦境一起，给酣睡中的孩子做伴，就像从前对待修士们一样和睦。

第二天，在礼拜堂里举行隆重的开学典礼。教师们穿着礼服站在那儿，校长致辞，学生们沉思地蜷缩在椅子上，不时回过头去向远远坐在后面的父母瞟上一眼。母亲们若有所思，笑眯眯地望着她们的孩子。父亲们直挺挺地坐着，恭听校长致辞，神态严肃坚决。他们心中充满了自豪、崇高的感情和美好的希望，却没有一个人想到他今天是为了金钱的利益在出卖自己的儿子。典礼的最后一项是一个接一个的学生被点名叫到前面去，同校长握手，以此表示被学校接受，并承担了义务。从此，只要他好自为之，直到他生命结束，都可以由国家来照顾供养。至于获得这种待遇并非完全不花代价,这一点,谁也没有去想,正如父亲们一样。

对他们来说,同父母告别的时刻要严重得多,动人得多。家长中有一部分人步行,有一部分人乘邮车,也有一部分人搭乘在匆忙中所能找到的各种各样交通工具,他们在留下来的孩子眼前消失。手帕还久久地在九月的和风里飘拂,上路的人们终于隐没在树林中了。孩子们默默地、若有所思地回到了修道院里面。

"好了,现在家长们都走了。"舍监说道。

现在大家开始相互见面,相互介绍了,首先是同房间的同学。墨水瓶灌满墨水,灯里灌满油,书籍和练习簿放放好,大家设法熟悉一下新环境。在这同时,大家好奇地相互观望,开始交谈,互相询问家乡地点,以及来这里以前所在的学校,还回顾那次共同感到汗流浃背的邦试。一张张书桌形成了一个个交谈的小组,到处传来孩子们爽朗的笑声。到了晚上,同室同学们之间都已经比海船上旅客在航行结束时还要熟悉得多。

和汉斯住在希腊室的九个同学中,有四个是比较突出的,其余的多少属于中上一类。首先是奥托·哈特纳,他是斯图加特一位教授的儿子,很有禀赋,安详自信,品行端正。他身材魁梧,穿着讲究,由于他做事踏实能干,为全室瞩目。

其次是卡尔·哈墨尔，是高山牧场的一个小小村长的儿子。要了解他，还需要一段时间，因为他身上充满矛盾，又很少从他那外表上的冷漠中摆脱出来。一旦摆脱出来，他就变得热情、爽快、无所顾忌。但这种情况从来不能维持多久，他就又自行收敛了。在这种情况下，谁也不了解他究竟是个冷静的观察者呢，还只不过是个唯唯诺诺的小人。

一个虽然不太复杂、但很引人注目的人物是赫尔曼·海尔纳，他是一个优裕家庭出身的黑森林人。第一天大家就已经知道他是诗人和文学爱好者。大家传说，他邦试作文就是用六脚韵诗撰写的。他话说得多而生动，有一把漂亮的小提琴，好像把自己的气质都暴露在表面上，这种气质主要是一种由年轻人感伤和轻率组合一起的不成熟的混合物。可是他身上也具有更深刻的东西，那是别人不大能看到的。他的身心发展完全超越了他的年龄，并且已经在开始尝试着走自己的道路了。

希腊室里最特别的同学却是艾弥尔·路丘斯，他是个不露声色的、头发淡黄的男孩，坚韧勤奋，干巴巴的像个老农民。虽然体形和面貌并不成熟，他给人的印象却不像个孩子，相反地处处显出成年人的模样，好像已经不会再改变了。就在第一天，大家都感到无事可做，彼此聊天，设法适应环境的时候，他却一声不吭，泰然自若地坐在那里看语法，用大拇指塞住耳朵，自顾自学习，好像要把失去的年月追回来似的。

过了一段时间，大家才逐渐对这个不声不响的怪物有所了解，发现他是个非常巧妙的吝啬鬼、利己主义者，正是在这些毛病上他表现出登峰造极的能力，博得别人某种敬佩或者至少是容忍。他有一套诡计多端的节约和获利办法，一个个巧妙手法只是慢慢地才施展出来，使人惊叹不已。先从清早起身说起，路丘斯不是第一个就是最后一个进盥洗室，目的是使用别人的毛巾，可能的话也使用别人的肥皂，而把自己的节省下来。这样一来，他总能使他的毛巾维持两个或更多个星期。但是所有的毛巾都是一个星期要换一次新的，而每个星期一上午总舍监要来进行检查，因此路丘斯也在每星期一清早把一条新毛巾挂在他的编号钩子上，但是到午休时就又取了下来，把它整整齐齐地折起来，放回箱里，重新把那条小心使用的旧毛巾挂上去。他的肥皂很硬，不大擦得下来，这样就能用上几个月。可是艾弥尔·路丘斯并不因此蓬头垢面，而看上去总是整整洁洁，他仔细地梳着和分着那头稀薄的黄发，穿用内衣和服装也十分爱惜。

谈完盥洗室转过来谈早餐。早餐有一杯咖啡、一方块白糖和一只小面包。大部分人觉得这顿饭并不丰富，因为年轻人睡了八小时以后，早上通常是很饿的。路丘斯却心满意足，把每天的一方块糖从嘴上省下来，他总能找到一位主顾，拿两方块糖换一芬尼钱，或是二十五块换一本练习簿。

至于晚上,他为了节约昂贵的煤油,喜欢借别人的灯光读书,那是不用说的了。然而他并不是穷人家的孩子,而是优裕环境出身。一般来说,穷苦人家的孩子倒很少懂得精打细算,实行节约,相反,总是有多少花多少,不知道积存的。

路丘斯的一套手法不仅施展在占有物质和可以捉摸的财物上,而且也企图在可能情况下扩展到精神领域中去。在这一点上他很聪明,从不会忘记,一切精神财富只有相对价值,因此他只在那些在将来的考试中能获得成果的学科上真正下工夫,而对其余的功课则马马虎虎,只求得个中等成绩便已满足。他学些什么,花多大劲,总是只拿同学们的成绩来衡量,他宁愿只学个一知半解而考个第一名,而不愿学到了双倍知识却只获得第二名。因此,在晚上,当同学们都在从事各式各样的消遣,做游戏、看小说时,却可以看到他在安安静静地坐着用功。别人的喧闹声对他一点妨碍也没有,他有时甚至还投去毫无怨言、心满意足的一瞥。因为假如别人也都在用功,那他的努力岂不是白费劲了?

没有一个人因他的这种花招而对这位一心向上爬的人见怪。可是就像一切做事过头的人和过于追求利润的人一样,不久他也迈出了荒唐的一步。因为在修道院里进修所有的课程全是免费的,所以他起了念头要充分利用这一点,争取去上小提琴课。他听课并不是他从前学过一点提琴,有一点辨音能力和天才,或是对音乐有一点兴趣,才不是呢!但是他想,学小提琴,还不是跟学拉丁文和数学一样。他听人家说,音乐在以后的生活中是有用的,它能使人获得别人的喜欢和快慰。反正又不花钱,因为神学校还可以提供学习用的提琴。

当路丘斯到音乐教师哈斯那里去要求学提琴时,哈斯的头发都竖了起来,因为他在唱歌课上认识他,路丘斯的成绩虽然能逗得全体同学乐不可支,却叫他这个当老师的感到绝望。他想劝这孩子打消学提琴的念头,可是劝说在他身上全然不起作用。路丘斯只是谦逊地微微一笑,声称这是他的正当权利,解释自己对音乐的向往是不可抗拒的。这样,他便领到一把最差的练习琴,争取到每星期去上两次课,每天练半小时琴。但是练了第一次琴后,同寝室的同学就宣布说,这是第一次也是最后一次,他们坚决不许他再给他们制造这样可怕的呻吟声。从那以后,路丘斯带着他那提琴,心神不定地在修道院里到处乱转,想找个安静的角落练习拉琴。从他练琴那里传出叽叽嘎嘎、尖声怪叫的可怕的哀鸣,叫附近的人听了毛骨悚然。诗人海尔纳形容说,这种声音像是那把受尽折磨的旧琴给蛀虫啃咬得在绝望地哀鸣求饶。因为看不出他有什么进步,伤透脑筋的老师变得不耐烦了,态度也变得粗暴了。路丘斯越练越没有信心,在他那张迄今一直十分自满的生意人脸上增添了忧虑的皱纹。这真是一出地道的悲剧,因为教师最后宣称他完全没有学提琴的才能,并且拒继续给他上课。这时,这位昏了头的好学之士选学了钢琴,又以此来折磨自己,折磨了好几个月,毫无成果,直至筋疲力尽,悄悄打了退堂鼓为止。可是在后来的一些年头里,每逢谈到音乐,他就要漏出那么一句两句,说自己过去不仅学过钢琴,也学过提琴,只可惜出于某种原因才渐渐与这些美妙的艺术疏远的。

所以希腊室的同学经常能从住在同室的滑稽朋友那里获得不少乐趣,因为就连那位文学爱好者海尔纳也会演出一些可笑的场面来。卡尔·哈墨尔则扮演讥讽家和诙谐观察家的角色。他比别人大一岁,这赋予他某种优越地位,然而他并没能成为令人注意的角色。他脾气不好,大约每过一个星期就感到有需要在殴斗中检验一下自己的体力,打起架来他很野蛮,而且近乎残暴。

汉斯·吉本拉特惊讶地观察着这些,只顾走自己平静的道路,做一个良好的、安分守己的伙伴。他很用功,用功得几乎同路丘斯一样而深受同室学友的敬重,只有海尔纳是例外。他自恃天才,放荡不羁,有时还嘲笑汉斯是个向上爬的人。大体说来,所有这许多正在迅速成长的男孩还能合群,尽管晚上寝室里大声吵闹也不是罕见的事。因为他们虽然竭力使自己感到已经成人,想表现得严肃冷静、品行端正,以不辜负他们老师用"您"这个他们还不习惯的称呼同他们说话,而且他们回想起才离开不久的拉丁文学校,他们至少已经像个初进大学的学生看待高中生那样趾高气扬,深表同情,但是他们的顽童本色不时会突破矫揉造作的尊严,要求冒头。到了这种时候,宿舍里就会响起顿脚声和男孩的粗野的谩骂声了。

对这样一种学校的领导和教师来说,观察下面那些情况应该是很有启发、很有意义的:在最初几周的集体生活过去之后,孩子们就像一种正处在变化中的混合物,其中有动荡不定的云朵和雪片在凝聚,重新分解,另外组合,直至出现一定数目的固定形态为止。在克服了初期的腼腆,相互比较熟悉之后,开始了一阵到处找寻的浪潮,一个个小圈子组成了,相互要好和相互敌视的情况冒出来了。同乡之间和老同学之间很少能聚合一起。受到一种追求多样化、追求互补长短的心理的驱使,大多数都另找新交。城里人去结交农家子弟,山里人去结交平原人。这些年轻人犹豫不决地逐个试探,除了平等的意识之外,出现了希望不受外人干扰的要求。有些孩子同时第一次摆脱了稚气,萌发了自己的个性。一些无法形容的小小的钟情、倾心和争风吃醋场面出现了。它们发展成为友谊联盟和公开的、顽固的冤家对头,各有各的归宿:或是交往亲昵、相约散步,或是激烈扭打、殴斗。

汉斯表面上没有参与这种活动,卡尔·哈墨尔曾明显而热烈地向他表示要同他好,他却吃惊地退缩了。接着哈墨尔马上另找一个斯巴达室的同学做朋友，汉斯仍然是孤零零一个人。一种强烈的预感使得他的视野中幸福地出现了充满渴望色彩的友情国土，潜移默化地将他吸引过去。可是一种羞怯心理又使他畏缩不前。因为他童年过的是要求严格、没有母爱的岁月，他缺乏与人接近的才能，对于一切表面热情的东西他都感到厌恶，何况还有那种男孩子的傲气，最后是讨厌的功名心。他不像路丘斯，他确实想多学点知识。但是他又同路丘斯一样，对于会妨碍他学习的事，一概弃而不顾。因此他坚持埋头用功。但每逢看到其他人享受友谊之乐，内心不免嫉妒和羡慕。卡尔·哈墨尔不是合适的对象，可是如果另外任何一个人前来设法使劲拉拢他，他是会乐意顺从的。他像个腼腆的姑娘似地坐着，等待着，看看有没有这样一个人来找他，一个比他更强、更有勇气，能打动他并迫使他走上幸福之路的人。

因为除了这些事情以外，功课很忙，尤其是希伯来文，所以孩子们觉得最初的一段时间过得飞快。毛尔布隆四周的许许多多小湖和池塘映照出淡蓝色的深秋天空、凋谢的榉树、桦树、橡树和漫长的夕阳余晖。冬季来临之前的狂风横扫着美丽的树林，发出叹息和欢呼的声音。这时已经下过好几次薄霜了。

感情奔放的赫尔曼·海尔纳试图物色情投意合的朋友，没有成功。如今他每天在散步时间孤独地穿过树林，特别偏爱林中湖这个地方,那是一个忧郁的褐色池塘,周围芦苇丛生,上面低垂着正在凋零的树梢。这个凄凉而又美丽的林中一角,吸引着这位如醉似狂的人。在这儿,他可以用幻想的枝条在静静的水中画圆圈,读勒瑙①的作品《芦苇之歌》,躺在矮矮的灯心草坪上思考着"死亡"与"消逝"这类秋天的题目,同时有落叶声和光秃秃的树梢萧瑟声,形成忧郁的和弦伴奏。这时他就常从衣袋里掏出一本黑色小笔记本,用铅笔在上面写上一两句诗。

十月下旬一个多云的中午,他也正在这样干时,刚好汉斯·吉本拉特独自散步来到同一地方。汉斯看到这位年轻的诗人坐在一块木板的小横档上,腿上放着小本子。若有所思地嘴里衔着一支削尖的铅笔。他身旁摊着一本打开的书。汉斯慢慢地走近他。

"你好,海尔纳,你在干什么呀!"

"读荷马,你呢?小吉本拉特?"

"我不信,我可知道你在干什么。"

"是吗?"

"当然。你在作诗。"

"你认为是这样吗?"

"自然啰。"

---

① 勒瑙(1802—1850),奥地利诗人。诗作反对教权主义,抗议封建贵族压迫。

"坐过来吧!"

吉本拉特靠着海尔纳在木板上坐下,双脚悬在水上,瞧着一片又一片黄叶在宁静、凉爽的空气中盘旋而下,无声无息地飘落在淡褐色的水面。

"这儿真是凄凉。"汉斯说。

"是啊。"

他们两人往后一仰,这样能够看得到的周围秋天景色几乎只剩几根垂下的树梢了,取而代之的却是静静地飘浮着几块云朵的蔚蓝天空。

"多美的云啊!"汉斯愉快地仰望着说。

"不错,小吉本拉特,"海尔纳叹息说,"假如人是这样一朵云,那该多好!"

"那又怎么样呢?"

"那咱们就能在天上随风飞翔啦,飘过森林、村庄、各区、各邦,像一艘美丽的船。你从来没有见过船吧?"

"是呀,海尔纳,你呢?"

"我当然见过。可是,天哪,你对这种事是一窍不通的。你只会学习,求上进,拼死拼活。"

"这么说,你把我看作是骆驼了?"

"我可没有那么说。"

"我才不像你说的那么笨呢。不过,你还是继续讲讲关于船的事吧。"

海尔纳翻过身来,差点儿掉进水里,现在伏卧在木板上,双手托着下巴,用双肘支撑着。

"在莱茵河上,"他接下去说,"我见到过那种船,那是在假期里。有一次星期天,船上放着音乐,晚上还点着彩灯。灯光照在水面,我们听着音乐,顺流而下。人们喝着莱茵葡萄酒,姑娘们穿着白色连衣裙。"

汉斯倾听着,一言不答,但是他闭上眼睛,看见那艘船在夏夜里航行,连同音乐和红色的灯火,还有穿着白色连衣裙的姑娘。海尔纳继续说:

"是啊,那时和现在不一样。这儿有谁知道那种事啊?这儿尽是些无聊的人,尽是些顺民!他们取消自己,折磨自己,不知天下有比希伯来文字母更高级的东西。你也并不例外呀。"

汉斯没吭声。这个海尔纳本来是个怪人嘛,一个幻想家,一个诗人。汉斯已经多次对他感到惊讶。谁都晓得,海尔纳在学习上工夫花得非常之少,可尽管如此,他知道得很多,懂得很好地回答问题,同时又很蔑视这些知识。

"咱们读荷马,"他继续挖苦着说,"好像荷马史诗《奥德赛》是本食谱。一堂课读两行,然后逐字反复咀嚼、探讨,直到叫人作呕。可是下课时每次都说:你们看,诗人写得多妙,你们在这儿窥探到了文学创作的奥秘!只不过以此来给希腊文小品词和动词过去时态涂些作料,好叫人不至于完全被它闷死而已。像这种方式,我才不愿学什么荷马呢!再说,这种古希腊的东西究竟同咱们有什么相干呢?如果咱们中间有谁想尝尝希腊式生活的味道,那他就得给撵走。而咱们房间还叫希腊室哩!简直是讽刺!为什么不把它叫作'字纸篓'或'奴隶笼'或'大礼帽'?那整个古典玩艺儿全是鬼话!"

他朝空中啐了一口唾沫。

"喂,你从前写过诗吗?"汉斯问道。

"写过。"

"写的什么?"

"在这儿写的是湖和秋天。"

"拿给我看看!"

"不,还没写完呢。"

"等你写完了行吗?"

"那可以,我不在乎。"

两人站起身来,慢慢走向修道院。

"瞧,这多么美啊!你原来发现没有?"当他们从"天堂"旁走过时海尔纳问道,"大厅、拱形窗、十字架回廊、礼拜堂、哥特式和罗马式的,一切都丰富多彩,都是艺术家的心血。而这神妙杰作又是为了什么呢?就为三十来个将来要当牧师的可怜孩子。国家喜欢这样。"

汉斯整个下午都不得不在想海尔纳,他是个什么样的人呢?汉斯所熟知的忧愁和愿望,在他身上是根本不存在的。他有自己的思想和言论,他生活得更热情、更自由,他有着稀奇古怪的苦恼,似乎鄙视整个周围环境。他懂得古代建筑之美。他在玩弄神秘莫测的绝技:用词句来反映自己的心灵,用幻想来建造一种独自的虚妄的生活。他动荡不定,放纵任性,一天讲的笑话比汉斯一年说的还多。他是悲观的,而且似乎在玩味自己的悲哀,把它当作是外来的、异乎寻常的、绝妙的东西。

就在当天晚上,海尔纳就让全室同学领教了一次他那怪诞的、引人注目的性格。同学中有个大言不惭、带小市民气质、名叫奥托·文格尔的人,和他发生了争吵。有一阵子,海尔纳仍保持冷静、幽默和清高,后来给惹火了,揍了奥托一记耳光。立刻两个对手就十分激奋、难解难分地扭作一团,死不退让,像只失了舵的船似地在希腊室里跌来撞去,回旋颠簸,碰在墙上,翻过椅子,滚在地上。两个人都一句话也不说,气喘吁吁,嘴里喷着白沫。同学们面带批评神情袖手旁观,看到扭打着的一团滚过来就躲让开去,缩拢腿,移开桌子和灯,避免相碰,紧张有趣地等着瞧他们怎样收场。过了几分钟,海尔纳费劲地爬起来,挣脱了身子,站着喘气。他弄得很不像样子,眼睛通红,衬衫领子撕破了,裤子膝盖上磨了个洞。他的对手还想重新朝他扑过来,他却叉着双手站在那里,不屑一顾地说:"我不来了——你要愿意,我让你打好了。"

奥托·文格尔一面骂一面走掉了。海尔纳靠在自己桌旁,转转台灯,双手插进裤袋,好像在想一件事情。突然,泪珠夺眶而出,一颗接着一颗,流个不停。这真是闻所未闻,因为哭泣对神学校学生来说,毫无疑问是最丢脸的事。而他并不想加以遮掩。他不离开房间,静静地站在那里,发白的脸朝着灯。他不去擦掉眼泪,甚至连手也不从裤袋里伸出来。其余的人围着他,好奇而幸灾乐祸地在看热闹,直到哈特纳走到他前面去,对他说:"海尔纳,你难道不害臊吗?"

那个泪流满面的人慢慢地朝四周望望,就像是一个沉睡初醒的人。

"害臊?——怕给你们看到?"然后他大声而蔑视地说,"才不呢,我的好兄弟!"

他擦了擦脸,愤然一笑,吹熄了他的灯,走出房间。

在这整个过程中,汉斯·吉本拉特没有离开自己的座位,只是惊惶失措地偷偷朝海尔纳望去。海尔纳走掉一刻钟后他才敢去追他。他看见他在漆黑冰凉的大寝室里坐在一个矮窗台上,一动不动,朝外面的回廊望。从背后看,他的肩膀和瘦削的头显得特别严肃,不像孩子的模样。汉斯向他走来,停在窗口。他没有动弹,隔了一会,他才头也不回地、嗓音沙哑地问道:

"什么事？"

"是我，"汉斯羞答答地说。

"你要干什么？"

"不干什么。"

"是吗？那你可以走了。"

汉斯的自尊心受到伤害，想真的走了。这时海尔纳却唤住了他。

"别走呀，"他用一种装出来的诙谐声调说，"我不是那个意思。"

于是他俩互相注视着对方的面孔。也许他们每人在此刻都是第一次认认真真地观看对方的脸，并且试着去想象：在这个青春光洁的面貌后面，隐藏着一个具有特性的、不寻常的生命和一个不寻常的用自己的方式描绘出来的灵魂。

海尔纳慢慢伸出手臂，抓住汉斯的肩膀，把他拉到自己跟前，直到脸贴近脸。于是汉斯十分吃惊地突然发觉对方嘴唇接触到自己的嘴。

汉斯的心感到从未有过的压抑，怦怦直跳。在这昏暗的大寝室里相会和突如其来的一吻是一种离奇的、新鲜的、也许是危险的东西；他忽然想到，在这样做时如果被人抓住了，有多么可怕。他很有把握地意识到，在别人看来，这一吻比先前的哭泣还要可笑得多，丢脸得多。他话也说不出，血直往脑袋上猛冲。他恨不得一走了之。

如果成年人看到这个小小的场面，也许会暗中感到有趣，喜爱他们那种在羞惭地吐露友情时所显示出来的笨拙、害臊的温柔多情，喜爱那两张严肃、瘦长的男孩脸。它们都很清秀，都是大有出息的样子，一半还带有孩子气，一半已蒙上青春期的腼腆的、可爱的固执劲儿。

渐渐地孩子们能合群了。他们相互都认识了。彼此都有了一定的了解，许多人交起朋友来了。有些成对的朋友在一起学习希伯来文词汇，有些在一起绘画或散步或读席勒的作品。有些人拉丁文好而数学差，他们就和数学好而拉丁文差的搞互助，共享合作学习的成果。也有些人交朋友是以另外一种订协定和共享财物的方式为基础的。比如像那个令人十分羡慕的带火腿的学生，他就找了个从施达姆海姆来的园丁儿子做朋友，因为此人箱底装满了上好的苹果。有火腿的那位一次吃火腿时因为口渴，向有苹果的讨个苹果吃，以提供火腿作为报答。他俩坐到一起来了。从小心翼翼的交谈中透露出下面一些情况，就是：火腿吃完了立刻可以得到补充，而带苹果的人也可从父亲的苹果储备中得到接济，一直维持到明春。这样一来，两人就建立起一种牢固的关系，它比一些更理想化的、更为热烈地发展起来的友谊更经久。

只有少数人仍是独来独往，其中之一就是路丘斯。当时他对艺术所怀的贪婪还处在高潮之中呢。

也有些结成对子的学生并不相配。最不相配的一对要算

在轮下 | 081

是海尔纳和汉斯·吉本拉特了。一个粗心大意,一个认真踏实;一个是诗人,一个则热衷于功名。虽然大家把他们两个都归在聪明人和最有才气的人之列,但是海尔纳享有一半带有挖苦意思的"天才"称号,而另外那位却获得了模范生的名声。但是大家也不去打扰他们,因为人人都为自己的朋友占去了时间和精力,喜欢自顾自。

尽管有这种种个人的兴趣和活动,学校的功课并不因而给挤掉分毫。相反,它是个重头货。相形之下,路丘斯的音乐、海尔纳的舞文弄墨以及一切结盟、交易活动以及间或发生殴斗,凡此种种都不过是逢场作戏的小小的特殊消遣而已。最花时间的是希伯来文课。耶和华的这种稀奇古老的语言,像一棵枯脆的、然而还充满神秘活力的树,在青年们眼里,它奇形怪状、满是节疤、令人困惑不解地往上长,它那奇异的分枝令人注目,它那特别的花朵令人惊讶。树枝、树洞和树根里居住着凶恶的或是和善的千年精灵:有可怕到极点的恐龙、有天真可爱的童话、有满是皱纹板着脸的、干瘪的老人头同漂亮的少年,明眸的少女或是好吵架的婆娘在一起。在路德翻译的《圣经》里显得遥远和渺茫的内容,此刻在粗野的希伯来原文中变得有血有肉,绘声绘色,获得了老态龙钟,但又坚韧、强大的生命。至少海尔纳是这样想的。他每天、每时诅咒整个摩西五经,然而他却能在其中发现并从中汲取生命和精华,比不少懂得所有单词,而且不会再读错别字的有耐心的学生收获还要多。

其次是《新约全书》。这书比较温和、明朗而亲切。尽管它的语言不那么古老、深奥和丰富，但却充满着清新和富于幻想的精神。

再就是荷马的《奥德赛》，它的诗句铿锵有力、一泻千里，宛如一只洁白圆浑的水妖胳臂，它使读者了解与领悟到一种已经逝去的、形态清晰的幸福生活。这种生活一会儿具有某种轮廓明显、粗犷有力的体态，叫人感到它是实实在在的、可以捉摸的，一会儿又仅仅像是从几句话语、几句诗文中忽隐忽现的梦境和憧憬。

与此相比，历史学家和李维①不免黯然失色，或是相形见绌，退居一旁了。

汉斯惊讶地发觉，他的朋友对一切事物的看法都与他不同。对海尔纳来说，没有哪样抽象的东西、没有哪样事物是他不能加以想象以及用幻想的色彩加以描绘的。与此无关的事他则统统不感兴趣。他觉得数学是一头装载着阴险狡猾谜语的斯芬克斯②。它那冷酷、凶恶的目光使它的牺牲者慑服。因而他远远地回避这个怪物。

他们两人的友谊是一种特殊的关系。它在海尔纳看来是

---

① 李维(公元前59—公元后17)，古罗马历史学家。
② 斯芬克斯：希腊神话中的狮身人首的女怪。传说她常叫过路行人猜谜，猜不出即被杀害。后因谜底被底比斯国王拉伊俄斯的儿子俄狄浦斯道破，她即自杀。通常用以隐喻"谜"样的人物。

一种乐趣和奢侈品,一种享受,甚或是一种随心所欲的事。但在汉斯看来,它一会儿是值得骄傲的珍宝,一会儿却又是个巨大的、不堪承受的负担。过去汉斯晚上的时间一直用来学习。如今几乎每天都出现这样的事:赫尔曼做功课做厌烦了就跑来找汉斯,把他的书拿开,要他陪他散心。尽管汉斯十分喜欢这位朋友,但是看到他天天晚上来,终于感到心惊胆战,只好在规定的学习时间里加倍努力,免得耽误功课。当海尔纳还开始在理论上向他的勤奋进行斗争时,汉斯就更苦恼了。

"这是苦役,"海尔纳是这样说的,"你本来并不喜欢、也不是自觉自愿去做这一切功课的呀,而只不过是出于对老师或是对你的父亲的畏惧。你就是得个第一或者第二,那又怎么样呢?我得第二十名也不见得因此就比你们这些功名心切的人笨!"

汉斯第一次看到海尔纳怎样对待他的教科书时,也大吃一惊。他有一次把自己的书遗忘在教室里了;因为要为下一堂的地理课作预习,他就借海尔纳的地图来用,这时他看到整页整页都被海尔纳用铅笔画得一塌糊涂,感到毛骨悚然。伊比利亚半岛的西海岸被延伸成一副奇形怪状的脸孔侧面;脸上的鼻子从波尔多一直画到里斯本;菲尼斯特雷角地区被刻画成披着卷曲的发饰;而圣维森提角被画成一簇捻得很好的须尖。就这样,一页又一页。地图的背面空白处涂了漫画，写了无聊的打油诗。墨水渍也是少不了的。汉斯习惯于把自己的书当作神圣的东西和宝物来对待，他一半觉得那种大胆举动是冒渎神明，一半觉得虽则是犯罪的，但也确是勇敢的英雄行为。

这个老实的吉本拉特很可能对他朋友来说只不过是一个方便的玩具而已，比如说，像家里喂养的一只猫。汉斯自己有时也感觉到这点。但是，海尔纳非常喜欢他，因为他需要有个他可以信得过的人，这个人能津津有味地听他说话，能够欣赏他。他需要有一个人在他发表关于学校和人生的革命言词时能不声不响地倾听。他也需要一个能安慰他的人，一个在他感到苦闷时可以把头枕在他膝上的人。像所有这类性格的人一样，这位年轻的诗人在害一种莫明其妙的、有些撒娇的忧伤发作症，其原因一部分是由于童心悄悄离逝，一部分是精力、梦想和欲望过于旺盛，无处发泄，一部分是青春期未曾理解的模模糊糊的冲动。再就是他有一种病态的要求：要得到同情和抚爱。过去他是母亲的宠儿，如今，只要他对于异性之爱还不成熟，他就把这个千依百顺的朋友当作安慰他的人来使唤。

他晚上经常愁容满面地来找汉斯，又使他扔掉学习，要他一起外出到大寝室去。他们在那冷冰冰的大厅里或是在又高又暗的祈祷室里，并肩来回漫步，或是坐在窗台上打寒噤。然后，海尔纳吐露各种各样的苦恼，采用抒情的和阅读海涅作品的青年人的方式。他身上笼罩着一种幼稚的哀伤情绪。这种哀伤,汉斯尽管不能真正理解,但还是得到了印象,甚至有时还受到感染。这位敏感的文艺爱好者,尤其在阴沉沉的天气里容易发病,而牢骚和呻吟大都在晚上达到高潮;这时,深秋的雨云布满天空,云的后面,月亮穿过阴郁的薄层和隙缝在窥视,在沿着本身的轨道运行。这时海尔纳会沉湎在峨相①的气氛里,溶化在朦朦胧胧的忧伤之中,而这忧伤则以叹息、言语和诗句的方式倾注在天真无邪的汉斯身上。

汉斯受到这种倾诉苦衷场面的压抑和折磨,急急忙忙地把他剩余的时间都用于努力学习,然而他愈学愈感到困难。头痛的旧病复发,他并不觉得奇怪。但是他感到疲倦的时间出现的次数越来越多,光是为了做必不可少的事,他就得激励自己才行,这情况却使他万分忧虑。固然他隐隐约约地感到,和这个怪人交朋友使得他的精力消耗殆尽,使得他的气质中至今尚未被触动过的某个部分发生病变,然而海尔纳愈是忧郁,愈是露出快要哭出来的样子,汉斯就愈为他感到惋惜,同时又愈是温柔多情、愈加自豪:他意识到自己是这个朋友所不可缺少的。

此外,他清楚地体会到这种病态忧伤的本质只不过是一

---

① 古爱尔兰叙事诗中克勒特族的一个英雄。

种多余的、不健康的冲动,实在并不是海尔纳的本性,他所佩服得五体投地的朋友的本性。每当这位朋友朗诵他的诗,或谈论他那诗人的理想,或者带着激情、做着姿势表情朗诵席勒和莎士比亚戏剧中的独白时,汉斯就觉得仿佛海尔纳是凭借着一股汉斯自己所缺乏的魔术才能在天际遨游,在神仙般的自由与烈火般的热情中运动,鞋底长了翅膀似地腾空而起,凌驾于他和他一类人之上,宛如荷马诗中的天使。过去他对诗人的世界了解得不多,而且也不觉得重要,如今他第一次无法抗拒地体会到流畅的词句、迷人的画面以及动人的韵律所起的魔幻力量。他对这新开辟的天地的崇拜和他对朋友的敬佩,两者交融成一股独一无二的感情。

这当儿已到了风暴不断、天色阴暗的十一月,在这种日子里,白天只有几个小时可以不开灯工作。黑夜,狂风驱赶着犹如巨浪翻滚的云层穿过阴沉的天空,冲击着古老坚实的修道院建筑,发出呻吟或是怒吼的声音。树木的叶子都落光了,只有那高大的、多节多枝的橡树——那树林繁盛地区的树中之王——顶上还有枯叶在瑟瑟作响,发出的声音比别的树更大,更哀怨。海尔纳心情十分抑郁,近来喜欢独自到一个偏僻的练琴室里猛拉提琴,或是和同学们寻衅闹别扭,而不是和汉斯坐在一起。

一天晚上,他到那个房间去,发现那个好钻营的路丘斯在乐谱架前练琴。他气恼地走了。过了半小时他又回来,路丘斯还在练习。

"你现在可以歇歇了,"海尔纳骂道,"还有别人要练呢!你这杀鸡杀鸭的声音本来就够呛啦!"

路丘斯不肯退让,海尔纳就撒起野来。路丘斯不为所动,重新又叽叽嘎嘎地拉起琴来,海尔纳一脚踢翻了他的乐谱架。一张张谱子撒了一房间,架子打在拉琴人的脸上。路丘斯弯着腰去捡乐谱。

"我要去报告校长先生。"路丘斯坚决地说。

"好,"海尔纳火冒三丈地嚷道,"既然这样,你也可以马上报告他,说我还狠狠地请你吃了一脚呢!"说着他立即要付诸行动。

路丘斯跳起来躲开,逃出门去。海尔纳紧追不放,于是产生了一场激烈的、喧闹的追逐。他们穿过过道、大厅,经过楼梯、走廊,一直追到修道院最偏僻的地方,校长公馆就坐落在这宁静幽雅的环境里。海尔纳一直追到接近校长的书房门口才赶上路丘斯。路丘斯已敲了门,站在开着的门口,这最后一瞬间,还挨了海尔纳说过要踢他的那一脚。他来不及带上门,就像个炸弹似地跌进了主宰者的最神圣的房间。

这是一件闻所未闻的事。第二天早上,校长作了一篇出色的演讲,论述青年人的蜕化变质问题。路丘斯听得津津有味,十分赞同。而海尔纳则被宣布科以禁闭的重罚。

"多年来，"校长训斥他说，"这里已不再采用这样的惩罚了。我会叫你在十年之内还想到这事。我处罚这个海尔纳，就是给你们其余的人作为儆戒。"

全班学生偷偷地斜着眼朝他望去，他脸色苍白而倔强地站在那里，并不避开校长的目光。许多人暗地里很佩服他。但是尽管这样，下课后，在所有的人都涌入过道，发出吵吵嚷嚷的声音时，他却是孤零零地留在教室里，没人理他，好像他是个麻风病人似的。现在给他支持是需要有勇气的。

就连汉斯·吉本拉特也没有那样做。这本是他应尽的义务，这一点他清楚地感觉到了，而且他为他的怯懦感到苦痛。他闷闷不乐，羞惭地蜷缩在一个窗台上，不敢抬起头来。他内心促使他去看望他的朋友。如果他能做这事而不被人家发觉，他情愿付出很大的代价。可是，在修道院里一个受严重禁闭处罚的人，在相当长的一段时间里就像是名誉受到玷污一样。大家知道，他从现在起会受到特别的监视，和他来往是危险的，会败坏自己的名声。国家给它的学生做了好事，当然也要求学生有相应的严明纪律，这在开学典礼上的大篇演讲里已经提到过了。汉斯也是知道的。他在进行朋友职责和功名心之间的思想斗争。他的理想本是力求上进、考试名列前茅、出人头地，可绝不是去扮演个罗曼蒂克的危险的角色。因此他提心吊胆地呆在他的角落里不动。他本来还可以站出来，还可以拿出勇气来，可是时间过去愈久，做起来就愈困难，还没来得及想，他的背叛行为就已经成为事实了。

海尔纳看在眼里，一清二楚。这个热情的男孩觉得大家都在避开他，这他能理解。但是他曾经指望汉斯会来安慰他。在他看来，除了他现在感到的痛苦和愤怒之外，他过去那些空洞无物的不幸感都显得虚妄、可笑。霎时间，他在吉本拉特身旁站住了。他的脸色苍白，神态骄傲。他低声说："你是个卑鄙的懦夫！吉本拉特！——真讨厌！"说完就走开了，一边走一边低声吹口哨，两手插在裤袋里。

好在这些年轻人还有别的事要去思考，要去办理。那次事件过后没有几天，就突然下起雪来，随后出现寒冷而晴朗的冬季天气，大家可以滚雪球和滑冰了。如今大家也突然发现圣诞节和寒假就在眼前，谈论起这方面的事来了。海尔纳不像以前那么受人注意。他来来去去沉默不语，倔强地昂着头，脸上露出傲慢的神情，不同任何人说话，经常在一个练习本里写诗。那是一个黑色漆布封面的本子，写有《修士之歌》的标题。

橡树、赤杨、山毛榉和柳树上挂满冰霜和凝雪，形成一派美妙的奇景。池塘里清澈的冰块在寒风中咔嚓作响。十字架回廊的庭院看上去像是个沉静的大理石花园。房间里是一派欢乐激动的节日气氛。圣诞节前的欢乐甚至使那两位无可指责的严肃庄重的教授脸上也带有一丝温和、激动的光辉。

师生中没有人对圣诞节是漠然处之的，甚至海尔纳愤懑的表情与难看的脸色也开始缓解了，而路丘斯在考虑休假期间他该把哪些书、哪双鞋带回去。寄来的家信中提到一些美好的、令人向往的内容：问起他们最喜欢得到什么礼物，报道烤面包日的情况，暗示他们将得到一些意想不到的收获以及为重逢感到欢欣等等。

放假回家前，全班，特别是希腊室又经历了一桩小小的趣事。班上决定邀请全体老师参加圣诞节庆祝晚会。因为希腊室最大，晚会就在希腊室举行。一篇节日贺词，两篇朗诵，一个笛子独奏和一个小提琴二重奏节目已经做好准备。如今很有必要再加上一个幽默节目。大家纷纷讨论、磋商、出主意、提建议，但是未能达成一致意见。这时，卡尔·哈墨尔随便说了句：要是叫艾弥尔·路丘斯来个小提琴独奏，那一定是最有趣的了。这个建议引起大家重视。他们对这位不幸的乐师采用了软硬兼施的办法，终于使他表示了同意。于是在发给老师客气的邀请信中附带的节目单上作为特别节目写上了："《平安夜》——小提琴曲。演奏者：宫廷演奏家艾弥尔·路丘斯。"宫廷演奏家这个头衔是因为他在那间偏僻的音乐室里苦练而得来的。

校长、教授、辅导老师和舍监长都应邀出席了庆祝晚会。路丘斯穿上向哈特纳借来的黑色燕尾服，头发梳得光溜溜的，衣服熨得笔挺，面带谦逊的微笑上场时，音乐老师额头上汗都冒出来了。光是一鞠躬就引起哄堂大笑。在他的手指演奏之下,《平安夜》变成了令人断肠的悲诉,变成了一支不停呻吟、痛苦万状的哀歌;他开了两次头,把旋律拉得支离破碎,用脚打着拍子,琴拉得像是严冬季节伐木工人在拉锯子。

校长先生眉开眼笑地向脸色气得发白的音乐教师点点头。

路丘斯开始第三遍拉这支曲子,这一遍也抛了锚。于是,他就放下琴,转向听众道歉地说:"我拉不下来。不过我只是今年秋天才开始学琴的。"

"这很好,路丘斯,"校长喊道,"我们感谢您的努力!您就这样继续学下去吧,Per aspera ad astra! ①"

十二月二十四日,从凌晨三点钟起,个个寝室都忙忙碌碌,吵吵嚷嚷。窗上盛开着一层层厚厚的细瓣冰花,盥洗用水都上了冻。修道院院子里刮着刺骨寒风。但谁也不去理会这些。餐厅里的大咖啡壶冒着热气。学生们穿着大衣,围着围巾,黑压压的一批批地越过白雪茫茫、轻微发光的田野,穿过静悄悄的森林,走向离得很远的车站。大家有说有笑。每个人内心都隐藏着愿望、欢乐和期待。他们知道,在这整个邦的各个角落,在城市和乡村,在僻静的庄园里,都有他

---

① 拉丁语:"通过崎岖不平的道路到达星空!"意为:必须历尽艰辛方能攀登高峰。

们的父母兄弟姐妹在温暖的、披上节日盛装的房间里等候着他们。他们大多数人还是第一次从外地回家过圣诞节,大多数人都知道,家里的人怀着爱和自豪的心情在期待着他们。

他们在位于白雪皑皑的树林当中的小火车站上冒着严寒等候火车。他们还从来没有像这样团结一致、和睦友好、快快活活地在一起相处过。只有海尔纳独来独往,闷声不响。火车到站,他等同学们都上了车,才一个人上了另一节车厢。在下一站换车时,汉斯还见到他一次,但是那一瞬间产生的惭愧与悔恨的感觉很快就被归途的兴奋与欢欣心情压倒了。

到了家他看见爸爸怡然微笑,十分得意。礼品桌堆得满满的在等候他。然而,真正的圣诞节在吉本拉特家是过不起来的,因为这儿没有歌声和节日热烈气氛,缺少一个母亲,缺少一棵圣诞树。吉本拉特先生是不懂得庆祝节日的艺术的。但是他为他的孩子感到自豪,因此这次在购置礼物方面没有节省。而汉斯是这样习惯了的,因此一点也不觉得缺少什么东西。

人们发现汉斯脸色不好,太瘦,太苍白,就问他,是不是修道院伙食太差。他许忙否认,而且保证说他身体很好,只是常常头痛。对此,牧师向他安慰了一番,因为他年轻时也害过这毛病,所以一切都是正常的。

河水冻结得表面光洁闪亮,假日里满是溜冰的人。汉斯几乎整天在外面,穿了件新衣服,头上戴着绿色神学校学生帽,已远远超过他旧日的同学而进入了一个令人羡慕的、更为高级的世界。

第四章

按经验来看,神学校的每个班级,在四年修道院生活中,总要损失个把学生的。有时是死了人,大家就唱着赞美诗将他安葬,或者遗体由同学护送运回家乡。有时是自己硬要退学,或是由于犯了特别的罪过而被开除。偶然也会发生这样的事:某个无所适从的男孩出于青春的烦恼,通过开枪自杀或投河自尽来找到一条短捷、黑暗的出路;不过这种事很少出现,而且只发生在高年级班上。

汉斯·吉本拉特班上也发生了减少几个同学的事。由于一种奇怪的偶然性,这几个同学都是希腊室的。

在希腊室的学生中有一个谦逊的金发小伙子,名叫印丁格,外号叫印度人,是阿尔镐某个少数教派教区里的裁缝的儿子。他是个不声不响的小百姓,只是因为他去世了,才引起人们对他的几句议论,然而即使在这时候也谈得不多。他同俭朴的宫廷演奏家路丘斯坐在一张课桌上,因而和他关系比其他同学好些,交往也稍微多些,除此之外别无朋友。直到他不在了,希腊室的同学们才发现,他们是喜欢这个人的,因为他是个与世无争的好室友,是这经常十分喧闹的房间里的一个安静点。

他在一月的某一天,随同溜冰的同学一起到马塘去。他没有溜冰鞋,只是想在旁边看看。可是不一会儿就冻僵了,于是他靠在岸边来回跺着脚走,借以取暖。走着走着就跑起步来,超出范围远了一些,不知不觉跑到另一个小湖那儿去了。那儿因为水源比较暖、比较急,所以冰结得很薄。他穿过芦苇跑了上去。尽管他个子小、身体轻,冰还是承受不住,破裂了。他在靠岸的地方陷了下去。他挣扎着,还呼叫了一会儿,然后沉没到冰冷的黑暗中去了,谁也没有发觉。

直到下午两点钟,上第一节课时,大家才发觉他不在。

"印丁格呢?"辅导老师喊道。

没有人回答。

"到希腊室去找找看!"

可是那里没见他的踪影。

"他一定是迟到了,我们不等他了,开始上课吧!我们读七十四页第七行诗。可是我坚决要求你们,以后不再出现类似的事。上课必须准时!"

等到钟敲三点,还不见印丁格来,老师着急起来,叫人去找校长。校长立即亲临教室,提了一大堆问题,然后派了十个同学由舍监和一位辅导教师带领,前去寻找。其余留下来的学生则给他们布置了书面作业。

四点钟,辅导教师没有敲门就走进了教室,向校长轻声耳语作了汇报。

"大家安静!"校长命令说,学生们一动不动地坐在板凳上,满怀期望地瞅着他。

"你们的同学印丁格,"他压低嗓子接着说,"看样子是掉到一个池塘里去了。你们现在要帮忙去找他,迈耶老师领你们去,你们必须绝对听从他的指挥,不准擅自行动。"

大家吃惊不小,一面窃窃私语,一面出发。老师走在前面。从小城镇来了几个大人,带着绳索、板条和杠子,也参加进这个行列。天气十分寒冷,太阳已经落到树林边了。

等到好不容易找到了那孩子的僵硬的小躯体,用带着积雪的草席遮盖,放上担架,这时已经是黄昏时分了。神学校的学生们像受惊的小鸟似的战战兢兢地围着,凝视着尸体,搓着自己冻得僵硬发紫的手指。这个淹死的同学被人抬着走在他们前面,他们默默地跟在后面穿过雪地,这时他们压抑的心灵才突然受到一阵恐怖的袭击,好像小鹿遇到敌人似的嗅到狰狞的死神的气息。

在这凄凉、受冻的一小群人当中,汉斯·吉本拉特偶然走在他从前的朋友海尔纳身旁。由于他们在田野上的一块崎岖不平的地方绊了一下,两人同时发觉彼此靠得很近。可能是死亡的景象压倒了汉斯,使他有好一会儿深信一切自私自利统统是非常空虚的。总之,在他出乎意外地瞧见这个朋友苍白的脸靠得那样近时,他觉得有一种说不出的深切的悲痛,他突然冲动地伸手去握对方的手。海尔纳很不情愿地把手缩了回去,感到受了屈辱,把目光转向他方,并且马上换了个位置,走到队伍的最后一排去了。

这一来,模范生汉斯的心因痛苦与羞愧怦怦直跳,一面继续在结冰的田野上跌跌撞撞地走着,一面忍不住眼泪扑簌簌地顺着冻得发紫的脸颊往下淌。他知道,世上有些罪过和疏忽是人们不能忘怀的,也是追悔莫及的。他感到仿佛面前躺在抬得高高的担架上的并不是裁缝的儿子,而是他的朋友海尔纳,他把汉斯不忠不义所造成的痛苦和愤怒一起带到遥远的另一个世界去了,在那个世界里是不按照成绩、考试、成就,而是要看良心是否纯洁、有无玷污来进行评价的。

这当儿人们已到了公路,很快就都走进了修道院。以校长为首的老师们在那儿迎接这位死去的印丁格。如果他还活着,光是想到这样的荣誉都会吓得逃跑的。教师看待一个死去的学生总是跟看待活的完全不同,到了这时候他们才有片刻对每个生命与青春的价值及其无可挽回性深信不疑。而平时他们在这方面是经常在轻率地犯罪的。

就连当天晚上和第二天一整天,这具不显眼的尸体的存在都像具有魔力似地在起作用,使得大家不管做什么事、说什么话都是轻悄悄的,以致在这一短短期间内,争吵、愤怒、喧闹和嬉笑都收敛起来了,就像水妖在水面上消失片刻,使得河水毫无动静像是一潭死水似的。每当两个人相互谈到死者,总是叫他的全名,因为他们觉得用"印度人"这个外号是对死者不敬。而这个安静的"印度人"往常在人群中一向是默默无闻,没人注意的,如今他的名字和他死亡的事却充塞了整个大修道院。

第二天,印丁格的父亲来了。他在停放他儿子的小房间里单独待了几小时,然后应校长邀请去进茶点。晚上在大鹿旅社投宿。

安葬的日子到了。棺材停放在大寝室里,阿尔镐的裁缝站在一边静静地看着。他有个地地道道的裁缝身材,瘦得可怕,穿着一件黑里带绿的礼服,瘦瘦的裤子,手上拿着一顶过时的礼帽。他那狭长的小脸上罩满愁云,显得悲哀、虚弱,好像是风中残烛。他在校长和教授们面前一直手足无措,毕恭毕敬。

在最后的瞬间,棺材还没有抬出去之前,这个悲伤的矮个子男人再一次走上前去,带着窘迫、害羞的温柔神情抚摸着棺材盖。然后他无法可想地站停了,强忍住眼泪站在静悄悄的大房间中央,就像一株冬天枯萎了的小树那样孤苦伶仃、毫无希望、听天由命,叫人看了心酸。牧师拉着他的手留在他的身旁。然后,他戴上那顶滚圆的礼帽,头一个跟在棺材后面走下台阶,穿过修道院的庭院,走出古老的大门,越过白茫茫的大地，朝着有矮墙的教堂公墓走去。神学校学生们在墓旁唱赞美诗，大多数不去看音乐老师打拍子的手，而是盯着矮个儿裁缝师傅的孤苦伶仃、摇摇欲坠的身影，这使音乐老师很恼火。裁缝师傅悲伤、寒冷地站在雪地上，垂着头倾听牧师、校长和学生代表的讲话，心不在焉地向唱歌的学生们点点头，有时用左手去掏那块藏在上衣后摆里的手帕，可是没有把它抽出来。

"我那时忍不住要去设想，假如不是他而是我的爸爸那样站在那儿，那会怎样。"奥托·哈特纳事后这样说。于是个个人都附和说："对啊，我也正好是这样想的。"

过了一会儿，校长陪同印丁格的父亲来到希腊室。

"你们当中有和死者交情特别深的吗？"校长对着全房间问道。起先谁也没有搭腔，印丁格的父亲害怕而痛苦地望着这些年轻的脸。后来，路丘斯走了出来，印丁格的父亲拉住他的手。紧紧地握了一会儿，可是说不出话来，不久便丧气地点了个头又走出去了。随即他就动身回家。他在明亮的冬天原野上还要乘整整一天的车子，才能到家，告诉他的妻子，她的卡尔如今长眠在怎样的一个小地方。

修道院里不久又恢复了原样。教师们又在呵斥学生，门又关上了，也很少有人再去想那个死去的希腊室的同学了。有几个人因为在那个可悲的池塘旁边站得太久，得了感冒，住进了病房，或是冻坏了脚，或是哑了嗓子。汉斯·吉本拉特喉咙和脚都没有出毛病，但是自从那个不幸的日子以来，样子变得比较严肃了，比较老了。在他身上有些东西起了变化，孩子变成了青年，他的灵魂仿佛迁移到了另一个国土，在那儿它害怕地、不舒服地游荡着，还找不到歇脚的地方。这不是出于对死亡的恐惧，也不是出于对善良的"印度人"的悲痛，而只是突然出于意识到自己很对不起海尔纳。

海尔纳和另外两个同学躺在病房里，他必须吞咽热茶，同时有时间可以去整理在印丁格死亡事件中所得到的印象，将来创作时可能需用。不过这些他似乎并不希罕，相反，他却显得非常痛苦，同他的病友几乎一句话也不说。自从受到禁闭处分以来所强加在他身上的孤寂使他那敏感的、渴望经常与人交谈的性情受到伤害，他变得尖刻了。老师们把他当作一个不满的激进分子严加看管，学生们都避开他，舍监用讥嘲态度对待他，而莎士比亚、席勒和勒瑙这些朋友却给他展示了不同于他目前所处的受压、受气的环境的另一个世界，一个更有力、更伟大的世界。那本开始只是以隐士式的忧郁为基调的《修士之歌》逐渐发展成为针对修道院、教师和同学写的辛辣、仇恨的诗篇集子。在孤寂中他发现一种辛酸的殉教者的享受，以不被人理解而感到满足。在他那无情辱骂的修士诗句中，他自比为小玉外纳①。

葬礼后一星期,两个同学病愈了。海尔纳一个人还躺在病房里,汉斯就去探望他。他羞答答地打了个招呼,搬过一张椅子到床边坐下,并且去抓病人的手。病人不乐意地向墙转过身去,似乎很难亲近。但是汉斯不肯退却。他紧紧地握住那只抓到的手,迫使他以前的朋友转过身来看他,他的朋友恼怒地撅起嘴巴。

"你究竟要怎么样?"

汉斯没有松开手。

"你一定得听我说,"他说,"我当时太懦弱把你撂下不管。可是你是知道我的为人的:我原先坚定不移的志向是要在神学校里保持前面的名次,尽可能成为第一名。你把这称作向上爬,也许你说得对;可是它曾经是我的一种理想方式;我并不知道有什么更好的。"

海尔纳闭着眼睛,于是汉斯非常低声地往下说:"你看,我很对不起你。我不知道你还愿不愿意做我的朋友,不过你得原谅我。"

海尔纳默不作声,也不睁开眼睛。面对着这位朋友,他心花怒放了,然而他已经习惯于扮演辛酸和孤寂的角色,至少目前还不能摘下这副面具。汉斯没有放松。

---

① 玉外纳(约公元60—约140),古罗马讽刺诗人,他的作品无情地鞭笞了当时的社会黑暗。

"你一定要原谅我,海尔纳!我宁可变成最后一名,也不愿继续避开你了。你要是愿意,咱们仍旧做朋友,让别人晓得,咱们并不需要他们。"

这时海尔纳回过来握了他的手,并且睁开了眼睛。

过了几天,他也病愈起床,离开了病房。对于他俩的重新言归于好,在修道院里引起不小的骚动。而他们两人却得到了几星期美妙的时间,虽然没有什么不平凡的经历,但却充满着一种令人异常幸福的、休戚相关的感觉和一种无需用言语来表达的、暗中的和睦感情。这种友谊与从前又有所不同,几个星期之久的分离使他们两人都改变了。汉斯变得更温柔、更热烈、更痴情了;海尔纳则增添了充满活力的男性气质。最近一个时期,两人相互地如此惦念,以致他们觉得这次言归于好就像是一次伟大的经历和一件珍贵的礼物。

两个早熟的少年在他们的友情之中不知不觉地、羞怯地提前体味到了一种初恋时的柔情奥秘。此外,对全体同学来说,他们的结合具有那种正在成熟之中的男性的苦涩的魅力,以及作为同样苦涩的调味品的抗拒感情。同学们都不喜欢海尔纳,而对汉斯则不理解,他们的许许多多友情那时还不过是天真无邪的男孩的游戏而已。

汉斯愈是亲密地、幸福地眷恋他的朋友,他和学校也就愈疏远。一种新的幸福之感像新酿的葡萄酒在他的血液和头脑中翻腾,在这种情况下李维和荷马的作品都失去了它们的重要性和光辉。而教师们则怀着恐惧的心情眼看着这个过去一直是无懈可击的学生吉本拉特转变得成了问题，而且已经置身于可疑的海尔纳的坏影响之下。开始发育的年龄本来就很危险，而早熟的男孩身上在这时期还会出现一些古怪现象，没有比这些古怪现象更叫教师们害怕的了。海尔纳身上具有的某种天才的气质，一向就已叫他们感到不安——自古以来，在天才和教师这个行当之间就始终存在一条深深的鸿沟。天才们在学校里的表现，一开头就叫老师们憎恶。在老师们看来，天才是那种坏学生：他们不尊敬教师，十四岁就开始抽烟，十五岁谈恋爱，十六岁出没于小酒店，他们看禁书，写狂妄的文章，有时带着讥讽的神色盯着教师望。在教室日志里填写着他们带头闹事，要给他们禁闭处罚的记载。一个学校老师宁愿在他班上有几个笨驴而不愿要一个天才。仔细看来，他也是对的嘛，因为他的任务并不是培养非凡的天才，而是通晓拉丁文的人、数学家和老实人。但是他们两方面，谁受谁的苦更多、更严重？是老师受学生的呢，还是学生受老师的？两者之间谁更暴虐、更折磨人？两者之间是谁糟蹋和污损了另一方的灵魂和一生？人们要对此进行探讨，必然会愤怒和羞愧地回忆起自己的青年时代。然而这不是我们的任务，我们可以聊以自慰的是，在真正的天才身上，创伤几乎总是会愈合的，他们会成为人才，能违背学校的意愿创造出自己的好作品，将来他们死后，美名远扬，会由教师们当作杰出人物与优秀表率介绍给后代。就像这样，一个个学校都会反复演出这种法规与才智之间斗争的戏剧。同时我们也一再能看到国家和学校在不遗余力地设法连根铲除每年都会冒尖的、思想比较深邃、比较可贵的天才。总归首先是那些为教师们所憎恨的，那些经常受罚的、逃跑的、被开除的学生，他们后来丰富了我们民族的财富。但也有一些——谁知道有多少呢？——在无声的反抗中消沉了，被埋没了。

按照古老的良好的学校原则，一旦产生怀疑，对待这两个怪人也同样不是倍加爱护而是更加无情。只有校长——他一向以汉斯的希伯来文学得最好而自豪——做了一次笨拙的挽救尝试。他把汉斯叫到他的办公室，这原来是修道院院长住宅，带有美丽如画的凸窗客厅。传说住在附近克尼特林根①的有名的浮士德博士曾经来这儿痛饮艾尔芬酒。校长是个做事漂亮的人，他并不缺少见识和精明，他甚至对那些他喜欢用"你"②字称呼的学生抱有某些慈祥的好感。他的主要缺点是虚荣心强，这使他常常喜欢在讲坛上吹得天花乱坠，也使他不能容忍有谁对他的权力和威望有半点儿怀疑。他不能忍受不同意见，也不肯承认错误。因此唯命是从或是不声

---

① 巴登—符腾堡州的一个小镇，传说是浮士德的诞生地。
② 按德国风俗，一般用"你"来称呼家里人或熟悉的人。这里指校长对这些学生十分亲切。

不响的学生同他最合得来。而那些强有力的、真诚的学生都很难和他相处,因为哪怕是一点暗示出来的矛盾都会使他恼怒。他担任带有鼓励的目光和激动的声调的长辈角色的本领实在高超。现在他也正在表演这一角色。

"您请坐呀,吉本拉特。"他用力握了一下这个羞答答地走进屋来的男孩的手之后,客气地说。

"我想和您谈谈。不过,我可以用'你'这种称呼吗?"

"好的,请吧,校长先生。"

"你自己大概也感到,亲爱的吉本拉特,你近来的成绩有些退步,至少在希伯来文方面是这样。你过去一向是我们班上希伯来文学得最好的,因此,发现你突然退步,我觉得很惋惜。也许你对希伯来文不再真正感兴趣了?"

"哦,不,我是感兴趣的,校长先生。"

"那你想想看,怎么会出现这种情况呢?也许你已经特别致力于另一门课程了?"

"没有,校长先生。"

"真的没有?那我们得找找别的原因了。你可以帮助我找找线索吗?"

"我不知道……作业我一直都是完成的……"

"那当然,我的好孩子,那当然,这中间也不是一样的。作业你当然是完成的,这是你的义务,可是你从前学得更多,那时你也许更加用功,至少对于学习更有兴趣。有时，我自己思量：你的劲头怎么会突然松了？你该不会是病了吧？"

"没有病。"

"那你有没有头痛？无疑你的脸色并不很好。"

"是的，我有时会头痛。"

"你觉得每天的功课太多吗？"

"不，一点不多。"

"要么是你课外看的书很多？你尽管说实话！"

"不，我几乎一点都不看课外读物，校长先生。"

"那我就不能理解了，亲爱的年轻朋友。总是有哪里出了毛病呀。你愿不愿意答应我好好努力？"

汉斯把手交给用严肃的宽容神情望着他的这位权威人士伸出来的右手。

"那就好了，那就对了，老弟。千万别松劲呀！要不然会掉到车轮下面去的。"

他握着汉斯的手，汉斯深深地吸一口气向门口走去。在门口他又被叫了回来。

"还有一件事，吉本拉特。你和海尔纳交往很多，是吗？"

"是的，相当多。"

"我相信，同别人相比，和他来往更多。对不对？"

"那当然。他是我的朋友。"

"怎么会的？你们两人的性格根本不同嘛！"

"我不知道，反正他是我的朋友。"

"你知道我并不特别喜欢你的朋友。他是一个不知足、不安分的人，也许他很有才气，但他什么也做不出来，对你不会有好影响的。我很希望你能和他疏远一些，你看怎么样？"

"这我做不到，校长先生。"

"你做不到？那是为什么？"

"因为他是我的朋友。我可不能就这样随随便便抛弃他。"

"嗯。但是你不能和别人多接近些吗？你是唯一甘愿受这个海尔纳坏影响的人，后果我们不是已经看到了吗？他身上有什么东西特别吸引住你了？"

"连我自己也不知道。可是我喜欢他，他也喜欢我。我如果抛弃他，我就是懦夫了。"

"是这样吗？好，我不勉强你。但我希望你慢慢摆脱他。我觉得这样就好，这样就非常好。"

最后几句话不再像先前那样语气温和了。汉斯现在可以走了。

从那以后他又重新努力苦干起来，显然不再能像过去那样轻松前进，而是费力地跟上去，但求不致落得太后。他也知道，一部分原因在于他的朋友。但他并不认为交这个朋友是一种损失、一种障碍，相反倒足以补偿一切耽误了的事，是一种和他过去那种平淡无奇，尽本分的生活不能相比的更高、更温暖的生活。他的精神状态犹如堕入情网的年轻人：他觉得自己有能力去完成伟大的英雄事业，而不屑从事日常无聊的琐事。因而，他一再绝望地叹息，自寻苦恼。他又不会像海尔纳那样做：学习敷衍了事，飞快地、几乎是勉强地仓促去掌握最必要的东西。因为他的朋友几乎把他每晚的空闲时间都占用了。所以他不得不天天早起一小时，像与敌人搏斗似地啃希伯来文文法。实在他只对荷马和历史课还感兴趣。他带着暗中摸索的感觉逐渐对荷马的世界有所了解。在历史课里，英雄们逐渐不再只是姓名和数字了，而具有显得很近的、发红的眼睛，活生生的红嘴唇，每个人都有自己的脸和手，有的人手是红的、肥的、粗的，有的人手是宁静、冰凉、石头似的，另外的人手是瘦的、烫的、上面暴着细筋。

在读希腊文的福音书时，他有时也为这些形象如此清晰，近在身旁而感到吃惊，甚至折服。尤其是有一次读《马可福音》第二章，说的是耶稣和他的弟子们离开船的事，上面写道："他们立刻认出了他，并跑了过去。"这时，汉斯也看见耶稣离开了船，并且立刻认出了他，并非从形象上，也不是从面貌上认出来的，而是从他那双慈祥眼睛的伟大卓越的深度，从他那纤细、美丽、晒黑了的手在轻轻挥动——或者不如说是在邀请和欢迎——的姿态上认出来的。这只手似乎是由一个纤细然而又很坚强的心灵所形成和寓居的。一条激流的边缘和一艘沉重的木船的船头浮现了片刻,然后这全部景象便像冬天呵的气一样消失了。

类似的情况不断出现,从书中仿佛贪婪地爆发出某个人物形象或是一段历史,它渴望着重演,渴望着在活人的眼睛里得到反映。汉斯接受了这种现象,对此感到惊讶,觉得自己在看到这些突如其来、随即消逝的现象时起了深刻而奇怪的变化,仿佛他能像透过玻璃一样地透视黑色大地,或是仿佛上帝在端详他。这些引人入胜的瞬间不召自来,不辞而去,犹如朝圣者和笑嘻嘻的来客,由于他们身上笼罩着陌生的和神般的气氛,人们不敢同他们打招呼,不敢要他们留下来。

他把这种经历保留在自己心头,连海尔纳也没告诉。对于海尔纳来说,以往的忧伤已变成一种激动易怒的情绪,引起他对修道院、教师、同学、天气、人生和神的存在进行抨击。有时也喜欢争吵或是突如其来愚蠢地捉弄人家。因为他已经被孤立而与别人处在对立状态,他不假思索地、自满地使这种对立尖锐起来而成为反抗和敌对的关系。吉本拉特也牵连了进去,而并没有加以阻止,以至于这两个朋友变成引人注目和遭人怨恨的小岛而与群众脱离。汉斯对这种处境逐渐地并不感到那样不舒服了。要是没有校长这个人就好了!

汉斯对他隐隐约约地感到害怕。汉斯过去是他的得意门生，现在校长对他很冷淡而且明显地故意冷落他。偏偏他对希伯来文，校长所擅长的这门课，逐渐失去了兴趣。

看到四十个学生，除了少数几个停滞不前的以外，在几个月里身心都已经有了变化，这是令人愉快的。许多人长高了，变得瘦长，衣服不可能跟着长，都嫌短了。他们的脸上显示出各式各样细微差别，从刚刚脱去稚气到畏缩地开始变成大人的神态都有。凡是那些身体还不具有发育期那种粗壮的体形的孩子，通过学习摩西五经，至少也在光滑的额头上添加了暂时的成人的严肃神态。丰满圆浑的孩子脸是很少见的了。

汉斯也变了。现在他像海尔纳一样又高又瘦，看上去几乎比海尔纳年纪大。以前温柔光亮的额头已经露出了轮廓，眼睛深陷，脸上气色不好，四肢和肩膀瘦骨嶙峋。

在海尔纳的影响之下，他对自己在校的成绩越是感到不满意就越是辛酸地不与同学来往。骄傲对他来说是很不合适的，因为他不再有理由作为模范生和将来班上的尖子去蔑视同学们了。但是他不能原谅同学们，因为他们让他意识到了这一点，而且他自己也痛苦地感觉到了这一点。特别是同无可非议的哈特纳和冒失的奥托·文格尔发生多次口角。当有一天文格尔又讥笑他、惹恼他时，汉斯失去自制打了他一拳，于是两人就扭打起来。文格尔是个胆小鬼，但对付这个体弱的对手还是轻而易举的,所以他肆无忌惮地向他打去。海尔纳不在场。其余人则袖手旁观,听任汉斯吃苦头。汉斯被打得青一块紫一块,鼻子出血,全身筋骨作痛。羞愧、疼痛和愤怒使得他整夜不能入睡。他没有对他的朋友说起这件事,但是他从此绝对不和同学来往,和同房间的同学几乎连一句话都不说了。

快到春天时,由于受到中午和星期天常常下雨以及黄昏的时间长的影响,修道院的生活里出现了新的安排和新的活动。卫城室的同学中有个学生钢琴弹得很好,还有两个会吹长笛,他们举行了两次定期音乐晚会。日耳曼室组织了一个戏剧作品读书会。几个年轻的虔信派教徒成立了一个查经班,每天晚上学一章《圣经》,连同卡尔夫版《圣经》上的注释一起读。

海尔纳报名参加日耳曼室的读书会没有被接纳。他怒火中烧。为了报复,他就到查经班去。那里大家也不愿意要他,但是他硬挤了进去。他的大胆言论和渎神的隐喻引起了这个小小的教友组织在进行虔诚的讨论时发生争吵。不久他就对这种玩意儿感到厌倦了。在谈吐中还较长久地保持着一种讥讽的口吻和《圣经》的腔调。但是这一次他并不为人所重视,因为,全班同学现在完全被一种事业心和有所建树的思想所支配。

人们谈论得最多的却是一个有才气的、诙谐的斯巴达室学生。除了想出风头以外,他也非常想使他的班级气氛活跃,通过各种诙谐的恶作剧使单调的学习生活显得生气勃勃。他的外号叫冒汽鬼。他能别出心裁地引起轰动,出些风头。

一天早上,学生们走出寝室时,看见盥洗室的门上贴了一张纸,用《斯巴达室六首讽刺诗》为标题,写了一些打油诗,对挑选出来的几个引人注目的同学搞的蠢事,以及他们的恶作剧和交友活动,用诙谐的笔调进行了讽刺。连吉本拉特和海尔纳这一对也挨到了一棍子。在这小天地里顿时发生了巨大的骚动,人们像在戏院门口那样拥挤在盥洗室门前。整个人群嗡嗡作声、你推我撞、嘀嘀咕咕,就像一窝蜜蜂在蜂王准备出走时的情景。

第二天早晨,整扇门上都贴满了讽刺诗和赠答诗。有反驳的、有赞同的,也有新的攻击的。然而肇事者却置身事外,逃之夭夭。他放了把火达到目的后,就站在一旁看笑话。如今几乎所有的学生都参加了写讽刺诗的战斗,有数日之久。每个人若有所思地在周围踱来踱去,思考着一首打油诗。也许就只有路丘斯是唯一例外,他像往常一样不闻不问地做他的功课。最后有位教师留意到了这件事,就禁止吵吵闹闹的游戏再继续下去。

狡猾的冒汽鬼并没有躺在桂冠上休息,而在此期间他在为大干一番作准备。他现在出版了一份报纸的第一期,那是

在轮下 | 113

用小型规格油印在草稿纸上的。他为出这期报纸已收集了几个星期的材料，标题叫《豪猪》，这主要是一份诙谐的刊物。第一期的精彩文章是《约书亚记》①一书的作者和毛尔布隆神学校学生间滑稽的对话。

成就是杰出的。冒汽鬼摆出一副十分忙碌的主编和发行人的架势，在修道院里享有与当时威尼斯共和国著名的阿莱提诺②差不多同样微妙的声望。

赫尔曼·海尔纳热情地参加了编辑工作，与冒汽鬼一起进行尖刻的、讽刺的评论，他从事这一工作既诙谐也不乏恶毒，因而引起大家的惊异。这份小报使整个修道院凝神屏息约有一月之久。

吉本拉特没有干涉他朋友的行动。他自己既无兴趣也无才能参与这事。起初，他几乎没有注意到海尔纳新近晚上经常在斯巴达室。因为汉斯近来在忙于别的事，他整天疲疲沓沓不能专心。功课做得也慢，也提不起兴趣。一次，在上李维课时发生了一件不寻常的事。

教授点名叫汉斯翻译，他却坐在位子上不动。

"这是什么意思？您为什么不站起来？"教授恼火地喊道。

---

① 《约书亚记》是《旧约全书》摩西五经后的篇名。
② 彼得罗·阿莱提诺（1492—1556），意大利作家，由于他能文善辩，贵族们对他又恨又怕。他一方面抨击当时社会的伤风败俗，另一方面又加以利用。

汉斯还是一动不动。他直挺挺地坐在凳上，低着头，眼睛半开半闭。喊声把他从梦中惊醒。他听到老师的声音好像是从远处传来的，他也感觉到坐在他身旁的同学猛力地推推他。这与他无关。他被另一些人所包围，另一些人的手在碰他，另一些人的声音和他谈话。这是一种又近、又轻、又深沉的声音。在这声音中没有字句，而是深沉温和得像泉水淙淙似的。许多双眼睛瞧着他——陌生、疑惧、大而炯炯有神的眼睛。这些眼睛也许是他刚才读李维时读到的罗马人民群众的眼睛，也许是他曾经梦见或是哪一次在画片上见到过的陌生人的眼睛。

"吉本拉特！"教授叫起来，"您在睡觉吗？"

汉斯慢慢地睁开眼睛，吃惊地盯着教师摇摇头。

"您刚才在睡觉吧？不然您能不能告诉我，我们刚才读的是哪一句？您说呢？"

汉斯用手点点书。他很明白现在读到什么地方。

"您现在总可以站起来了吧？"教授挖苦地问。汉斯站了起来。

"您在搞什么名堂？您看着我！"

他瞧着教授，但是这种目光却不能令教授满意，因为他诧异地摇摇头。

"您不舒服吗？吉本拉特？"

"没有，教授先生。"

"您坐下,下课后到我的房里来一下。"

汉斯坐下又俯身看他的李维。他已完全清醒过来,一切都明白了。同时他内心却在追逐着许多陌生的形象,它们慢慢地远去,而那闪闪发光的眼睛一直注视着他,直到它们完全消失在远处的雾中。与此同时教师和正在作翻译的同学的声音、教室里有的响声愈来愈近,终于又像往常一样真实,一样近在眼前。课凳、讲台和黑板依然如故,墙上挂着木制圆规和三角板,周围坐着全班同学,其中许多人好奇地、偷偷地、肆无忌惮地向他瞟视。这时汉斯大吃一惊。

"下课后您到我房里来一下。"他刚才听见有人是这样说的。天哪,到底出了什么事啊?

下课后,教授喊他过去,带着他一起从呆呆观望的同学中间穿过。

"您说说,究竟是怎么回事?那时您并没有睡觉啰?"

"没有。"

"我叫您时,您为什么不站起来?"

"我不知道。"

"要么您是没有听见我的话?您耳朵有毛病吗?"

"不,我听见您喊的。"

"而您却不站起来,您的眼神那么古怪,您到底是在想什么呢?"

"什么也没有想,我是要站起来的。"

"那为什么不这样做呢?那您还是身体不舒服啰?"

"我想没有不舒服,我不知道这是怎么回事。"

"您头痛吗?"

"没有。"

"那好,您走吧。"

吃饭前,他又被叫去,而且被带进了寝室。校长和校医在那里等他。对他作了检查和询问,但是没有明显的病症。医生亲切地笑笑,认为这事并不严重。

"这是轻微的神经衰弱症,校长先生。"医生温存地、嗤嗤地笑着说,"是一时的虚弱状态——轻度的眩晕症。要督促这个年轻人到户外去走走。至于头痛我可以给他开些药水。"

从那以后,汉斯每天饭后要到户外活动一小时。这点他倒并不反对。糟的是校长不准海尔纳陪他散步。海尔纳气愤得痛骂,但又只得服从。这样,汉斯就经常独自一人去散步,而且觉得这是一种愉快的事。这时已是初春时分,在圆拱形美丽的山丘上才萌发出来的绿芽,像稀疏的波浪此起彼伏地流动,树木正在摆脱那种轮廓分明、褐色枝条的冬天形象而长出了嫩叶,互相融合在一起,像一望无际的、在流动着的、充满活力的绿色波涛,融合在五彩缤纷的景色之中。

从前在拉丁文学校学习时,汉斯对于春天的看法与这次不同。那时他更加活泼、更加好奇和更喜爱逐个地观察春天的来到。他观察过鸟儿的归来，一种又一种。也观察过树木开花的顺序。然后，五月一到，他就开始钓鱼。现在不再愿意费劲地去把鸟儿分门别类，或是通过蓓蕾去识别花木，他只看到一般的繁忙景象，到处是含苞欲放的花朵。他闻着嫩芽新叶的气息，吸着暖洋洋的、醉人的空气，惊奇地在田野上行走。他很快就觉得疲乏，始终有一种想躺下和睡着的趋势。他几乎不断地看到各式各样并非真正在他周围的东西。那究竟是什么，连他自己都不知道，他也不去考虑。那是些清晰的、脆弱的、不寻常的梦。它们犹如画像，又像栽满奇异树木的林荫大道围绕在他周围，而梦境中并未发生任何事，纯粹是些只供观赏的图像。但是观赏本身也是一种体验。它把人带往别处，到另外一些人的地方去。这是在陌生的、踏上去很松软的土地上漫游，能吸到异样的空气，一种充满轻松愉快、优美的奇妙香味的空气。有时不是出现这种画面而是一种感觉，朦朦胧胧，暖洋洋的，令人激动，仿佛有一只轻巧的手在温柔地抚摸着他的身躯。

在读书和学习上，汉斯要集中思想非常吃力。凡是他不感兴趣的，都像幻影那样从他手上滑过。至于希伯来文词汇，如果想在课堂上还记得住就非得在课前半小时方才去读不可。但是那种看到具体形象的光景经常会出现，使得他在读书时，看到书上所描绘的一切会突然出现在他面前，活着、动着，比最邻近的周围环境还要充满活力、还要真切。

他失望地发觉他的记忆力不再能接受任何东西，几乎一天比一天瘫痪，一天比一天不可靠。而在这同时却往往使他感到惊讶和害怕的是：有些往事的回忆会向他袭来，这些回忆清晰异常。正在上课或看书时，有时会忽然想起他的父亲，或是老安娜，或是从前的老师或同学中的某一个人，看到他们站在他面前，一时吸引住了他的全部注意力。他还一再重新经历着在斯图加特逗留、参加邦试和过暑假的一些场面，或是看见自己带着钓竿坐在河边，闻着阳光热力蒸发的水汽。同时他也觉得他所梦见的那个时期已经过去了许许多多年头了。

在一个湿热、阴暗的傍晚，他和海尔纳在大寝室里踱来踱去，谈到了家乡、父亲、钓鱼和学校。他的朋友出奇地一言不发。他让汉斯说话，有时点点头，或是用他整天喜欢玩弄的那把小尺若有所思地在空中挥打几下。渐渐地汉斯也不吭声了。天色已晚，他们坐在一个窗台上。

"喂，汉斯。"海尔纳终于开口了，他的声音有些颤抖，有些激动。

"什么事？"

"哦，没什么事。"

"不，你说吧！"

"我只不过想——因为你那样无所不谈地讲了许多话——"

"那你想到了什么呢？"

"汉斯，你说说看，你难道从来没有追求过姑娘？"

一阵寂静。这方面的事他们从来还没谈过。汉斯害怕这种事，但是这种神秘的领域却又像童话中的花园似地吸引着他。他觉得自己的脸红了，手指也发抖了。

"只有一次，"他压低着嗓子说，"那时我还是个傻孩子。"

又是一阵沉默。

"那么你呢，海尔纳？"

海尔纳叹了一口气。

"唉，算了吧！——你知道，咱们不该谈这事的，这本是毫无价值的呀！"

"那倒不见得。"

"我有个情人。"

"你？真的？"

"在家乡。是邻居。这个冬天我还吻了她一下呢！"

"接吻？"

"是的。——你知道，当时天已经黑了。傍晚，在溜冰场上，她让我帮她脱冰鞋，就在这时，我吻了她一下。"

"她没有说什么？"

"什么也没说。她只是跑开了。"

"后来呢？"

"后来嘛！——什么也没有。"

他又叹起气来，汉斯瞅着他，好像他是一个从禁止进去的花园里跑出来的英雄。

这时钟声响了，该上床睡觉了。灯熄掉了，大家都寂静下来之后，汉斯躺在床上不能入睡有一个多小时之久。他在想着海尔纳吻他心上人的事。

第二天他想问个究竟，但又害羞。而对方因为汉斯不去问他，也不好意思自己再开头谈它。

汉斯在学校里的情况愈来愈坏，老师们开始对他摆出一副凶相，用古怪的目光怒视他。校长脸色阴沉，很不高兴。连同学们也早已觉察吉本拉特大大退步，不再想争第一了。只有海尔纳什么也没有发觉，因为他自己也并不觉得学校特别重要。汉斯自己看着这一切事发生，看着自己在起变化，却并不重视。

在这当儿，海尔纳已经厌倦于报纸的编辑工作，又完全回到了朋友的身边。他好几次不顾禁令陪着汉斯散步，同他一起躺在阳光下，幻想着或是朗读着诗篇或是说些挖苦校长的笑话。汉斯一天又一天地盼望他能继续透露他那次爱情冒险的事，然而他愈是等得久，愈是不敢再去问这件事。在同学中，他们两人显得从未有的那样不受欢迎，因为海尔纳在《豪猪》上发表了恶毒的讽刺，得不到任何人的信赖。

反正小报在这时也停刊了。它已经过时，原来也只打算在冬春之交那些没趣的日子里办的。现在美好的季节开始了，它能提供足够的消遣：采集植物标本、散步和室外游戏。每天中午孩子们在做体操、角力、赛跑和打球，使修道院的院子里充满喧哗和生气。

加上这时又发生了一桩新的轰动事件，它的肇事者和中心人物又是那个众人的绊脚石海尔纳。

校长听到了海尔纳拿他的禁令当儿戏，几乎每天都陪吉本拉特散步的事。这次他没有惊动汉斯，只把主犯，他的老冤家海尔纳叫到办公室来。他用"你"称呼他，但海尔纳立刻表示不同意这样做。校长指责他不服从命令。海尔纳宣称他是吉本拉特的朋友，谁也无权禁止他们交往。激烈的争吵出现了，结果海尔纳得到几小时禁闭处分，以及严格的禁令，不准他以后同吉本拉特一起外出。

第二天，汉斯又只得独自去散步。他在两点钟回来，到教室和别人在一起。开始上课时，发现海尔纳缺席。一切情况和上次"印度人"失踪的事完全一样，只是这次没有人想到可能是迟到。三点钟全班同学连同三位教师一起出发去寻找失踪者。他们分成几组，在树林里跑着、喊着。有些人，包括两位教师在内，认为他自杀的可能性也不是没有。

五点钟，给这一地区所有的警察所打了电报。晚上给海尔纳父亲发了一封快信。很晚的时候还没有找到任何线索。直到深夜，所有的卧室里还在窃窃私语，大部分学生猜想他是投河了，另外一些人认为他是干脆回家了。不过已经肯定，这个出走的人身上不可能有钱。

同学们望着汉斯，好像他一定了解内情似的。其实并非如此。相反，他是所有人当中最感到意外、最感到担忧的。夜里在卧室听到别人在提问、揣测、扯淡、玩笑，他深深地钻进被子，长时间地、难熬地为他的朋友感到痛苦、担忧。有一种预感，觉得他的朋友是不会再回来了，它攫住了他那忧虑的心，使他深深地痛苦，直到他疲倦，悲愁地睡着了。

在这同一时刻，海尔纳则躺在几英里外的一片小丛林里。他冻得厉害，没法睡觉，但是他却深深地感到自由，大声呼吸着，舒展着四肢，好像是从一只狭窄的牢笼里逃脱出来似的。他从中午开始跑的，在克尼特林根买了一个面包，现在一面不时地咬上一口，一面还透过初发绿叶的、稀疏的树枝仰望夜空、星星和迅速飘过的云朵。他究竟上哪儿去，他是无所谓的。他现在至少已脱离了可恨的修道院，并且已经让校长看到，他的意志胜过命令和禁令。

次日，大家又白白地找了他一整天。他在一个村庄附近的田野上的草堆里度过了第二夜。天亮了，他又钻进树林，直到晚上，他又要去找个村庄时，才落到了巡警手中。巡警对他说了些风趣的话，把他带到村公所，在那里由于他的风趣和奉承，他赢得了村长的欢心。村长把他带回家去宿夜，就寝前还用火腿蛋丰盛地款待了他。第二天，专程赶来的父亲接他走了。

出走者被带回来时,修道院里引起了巨大骚动。但他却似乎毫不后悔他这次小小的天才旅游。校方要求他悔过,但他拒绝了。面对教师会议的秘密法庭,他并不畏惧,或者显出毕恭毕敬的样子。学校本来很想留住他的,可他现在做得太过分了。结果他很丢脸地被开除了,并且在晚上随他父亲动身一去不复返了。他和他的朋友吉本拉特只能握一下手告别。

校长就这种违法乱纪和蜕化变质的特殊事件,发表长篇演说,优美动听。他写给斯图加特当局的报告上对这件事就讲得温和得多,客观得多,轻微得多。神学校的学生们被禁止同这个离去的怪物通信,对此,汉斯·吉本拉特当然只是付诸一笑。有几个星期之久,人们谈论得最多的事是海尔纳和他的逃跑。随着海尔纳的离去和时间的消逝,人们普遍的看法也改变了。不少人后来把当时对之畏惧地加以回避的这个逃跑者看成是一只飞去的鹰。

如今希腊室空了两张桌子。后来离去的那个不像前一个那样迅速地就被忘却。只有校长宁愿看到第二个人的事也同样平息下去。然而海尔纳并没有采取任何行动来打扰修道院的平静。他的朋友等了又等,却从未接到他的来信。他走了,销声匿迹了。他的形象和他的出逃逐渐成了历史,最后成了传说。这个热情的少年在继续干了一些天才恶作剧、走了一些弯路之后,受到艰苦生活的严肃管教,总算是成了一个男子汉,如果不算是成了英雄的话。

留在学校的汉斯受到怀疑,被认为是事先知道海尔纳要逃跑一事的。这种怀疑完全夺去了教师对他的好感。当他在课堂上对许多问题答不上来时,一位教师对他说:"您为什么不跟您那位好朋友海尔纳一起去呢?"

校长对他也不理不睬,带着一种蔑视的同情,就像法利赛人看待税吏一样①,对他侧目而视。这个吉本拉特已经不能算数了,他是属于不可接触的人之列的。

---

① 法利赛人:约公元前二世纪至公元二世纪犹太教上层人物中的一派。税吏在当时则是受蔑视的阶层。

第五章

就像一只土拨鼠靠储存的食物过活那样,汉斯靠自己从前挣来的丰富学识还维持了一段时期,随后便开始可怜地忍饥挨饿了。虽然他也曾有过一些短暂、无力的振作时候,但是,这种毫无结果的努力本身就在嘲笑他。现在,他不再白白地折磨自己了。继摩西五经之后他扔掉了荷马,继色诺芬之后扔掉了代数。他无动于衷地眼看着自己在教师心目中的好名声逐级下降,从优降到良,从良降到中,最后降到零。当他头不痛的时候(头痛现在又是他的家常便饭了),他就想念海尔纳,做着他那轻快的、睁大着眼睛的梦,一连好几个小时迷迷糊糊、似想非想。近来,他对所有教师越来越多的责备皆报以和蔼、恭顺的微笑。辅导教师维德利希——一位和气的年轻教师——是唯一对这种困惑的微笑感到痛心的人。只有他一个人抱着同情的爱护态度对待这个滑出了生活轨道的少年。其他老师总是冲着他发火,以轻蔑的不理不睬的方式来惩罚他,有时则说些讥讽挖苦的话,试图唤起他业已麻木的好胜心。

"如果您现在正好没在睡觉,也许我可以请您读读这个句子吧?"

校长的威风受到了触动。这位好虚荣的人自以为他的目光极有威力,因此,当他那庄严地、气势汹汹地转动着的眼睛老是碰到吉本拉特恭顺的微笑(它渐渐使他感到烦躁)时,他便控制不住自己了。

"您别这样一味傻笑,您倒是应该痛哭一场呢!"

父亲的来信给汉斯的触动更大。信上充满了激愤的情绪,要求他改正。原来,校长给吉本拉特的父亲写了信,父亲接信后感到十分震惊。因此,他在给汉斯的信里集中了这位正直人所掌握的用以表示鼓励和道义上气愤的全部辞藻,然而无意中却在信上处处流露出一种伤心欲泣的情绪,这一点触痛了儿子。

所有这些热心尽职的青年引路人,从校长一直到汉斯的父亲、教授和辅导教师,都认为汉斯是实现他们期望的一个障碍,是一种顽固的、怠惰的力量,必须用强力迫使他回到正路上来。也许除了那位有同情心的辅导教师外,没有一个人能看出,在这个少年瘦削的脸上那茫然的微笑后面,有一个正在沉沦的灵魂在受苦,在行将淹没时充满恐惧和绝望地向四周张望。没有一个人想到:学校,以及父亲和一些教师的野蛮的虚荣心已经把这个脆弱的生命摧残到这种地步。为什么要他在那最敏感、最容易受损伤的少年时期每天都学习到深夜？为什么夺走他的兔子？在上拉丁文学校时，为什么有意要他和同学疏远？为什么禁止他钓鱼、散步？为什么拼命向他灌输那种可怜的、耗费精力、追求虚名、空虚无聊的理想？为什么在邦试之后，他完全应得的假期也不让他享受？

现在那匹被驱使过度的良驹已瘫在路旁，不中用了。

大约夏季开始的时候，校医再次声明：汉斯害的是一种神经衰弱症，主要是由于发育引起的。应该让汉斯在假期里好好调养将息，营养要充足，要多到树林里去散散步，这样就会好起来。

可惜这些根本来不及实现。离放假还有三个星期，有一天下午上课的时候，汉斯遭到教授狠狠训斥。老师还在继续斥骂时，汉斯就倒身在凳子上，开始胆怯地颤抖起来，并且突然嚎啕大哭，持续了很长时间，弄得课也上不下去。事后他在床上躺了半天。

第二天，上数学课时，他被叫到黑板前画几何图形、做证明。他走了出来，但是，到了黑板跟前，他一直觉得头晕。他拿着粉笔和尺在黑板上莫名其妙地划来划去，笔和尺都掉到地上，当他俯身去捡时，自己也跪倒在地，再也站不起来了。

医生看到他的病人闹出这种事来，感到相当恼火。但是，他说话很谨慎。提出要立即给汉斯休假，并建议请神经科医生会诊。

他低声对校长说："他还会得舞蹈病①呢。"校长点点头，觉得有必要把自己脸上那种阴沉气恼的表情换成慈父般的惋惜神情，这在他来说是很容易做到的，而且合乎他的身份。

他和医生，每人都给汉斯的父亲写了一封信，把信放在汉斯的口袋里，打发他回家去了。校长的气恼转变成沉重的忧虑。前不久，由于海尔纳事件，教育当局搞得很不安，而对这新的不幸事件教育当局将会怎么看呢？他甚至出乎众人意外地没有就这一件事对学生进行一番相应的训话。而且在最后几个小时他对汉斯特别友好。他很清楚，这个学生是不会再回来复学的了。——汉斯现在学习上就已经落后了，即使他能病愈，要想把耽误的几个月——或者就算是几个星期——的课程补过来，也是不可能的。诚然，在分别时，他还是从鼓励出发和汉斯说了声衷心的"再见"。但在那一段时期，每当他走进希腊室，看到那三张空桌，总觉得很难过。他竭力压抑心中萌发的念头；两个有天赋的学生的消失，一部分责任也许该由他来承担。但是，作为一个勇敢的、精神上很坚强的男子，他最终还是把这种无用而又悲观

---

① 指一种肌肉神经抽搐症。

的疑虑从心灵上驱走了。

修道院及其教堂、大门、山墙、塔楼都渐渐消失在这个带着小旅行袋乘车启程的神学校学生的背后。树林和起伏的山峦也看不见了。眼前出现的是巴登邦边缘地区肥沃的果园和草地；然后是普福尔茨海姆，紧接着就是黑森林地区蓝黑色的枞树山丘，其间贯穿着无数道溪谷，在盛夏的酷热下，山丘比平时显得更青、更凉，有更多的阴影。汉斯看着这变化多端、愈来愈带故乡风味的景色，何尝不感到快慰！但是，快要到故城的时候，他想起了父亲。他害怕见到父亲。这种不安的心情把他旅途上的一些微弱的快乐情感一扫而光。他又想起去斯图加特参加邦试和去毛尔布隆上学的情景和那时的紧张、胆怯、喜悦的心情。如今看来，这一切又有什么意义呢？他和校长一样清楚，他是不会再回去的了。现在无论是上神学校或是上大学，还是其他一切名利希望，都吹了。但是他并不为这些事伤心。使他心情沉重的倒是他害怕见到失望的父亲，因为他辜负了父亲的期望。现在他除了休息好、睡足觉、哭个痛快、作够美梦，以及在经受种种折磨之后终于能得到清静之外，别无他求。他担心，在家里父亲是不会满足他的这些要求的。火车快到站的时候，他头痛得很厉害，尽管现在车子驶过他最喜欢的、以前曾带着热情漫游过的小丘和森林，他也不向窗外探望。在熟悉的家乡车站，他差点误了下车。

现在，他拿着雨伞，提着旅行袋站在月台上。父亲打量着他。校长最后一封来信使这位父亲对不成器的儿子感到失望、愤怒、恐惧万状、手足无措。他想象中的汉斯面容憔悴，样子可怕。现在看到他虽然又瘦又弱，但还是安然无恙，能够独自走动，这点使他稍感宽慰。最糟的乃是他内心的恐惧。他对医生和校长在信上说的那种精神病感到恐怖。他们家里还从来没有人得过精神病。人们总是用一种不理解的讽刺口气或者轻视的同情心像谈疯子一样谈论这种精神病人，而现在他的汉斯竟带着这种病回来了。

第一天，汉斯是高兴的，因为没有受到斥责。后来，他便觉察到父亲显然在竭力克制自己，以一种小心翼翼的宽容态度来对待他。有时他还发觉父亲用很特别的审视目光非常好奇地瞧着他，用一种压低了的、不真实的声调和他说话，而且暗中在观察他，不让他发觉。他变得愈加胆怯，对自己病情的莫名恐惧开始折磨起他来了。

天气好的时候，他在树林里一躺就是好几个小时，他觉得这样好受些。昔日童年时代幸福的微弱余晖有时掠过他受伤的心灵：他想到搜集花朵或是甲虫、倾听鸟儿歌唱或者去追踪野兽的足迹的欢乐。可是这只是一瞬即逝的事，大部分时间他都是懒洋洋地躺在苔藓中间。沉重的脑袋力图去想些什么事，但是什么也想不出来，直至睡梦又向他袭来，把他远远地带入另一境地。

有一次，他做了这样一个梦，梦见他的朋友赫尔曼·海尔纳死了，躺在一副异架上。他想走到他那里去，但是，校长和老师们把他拉回来，他又想朝前挤时，他们就狠狠地给他一拳。在场的不仅有神学校的教授和辅导教师，而且还有过去学校的校长和斯图加特的主考老师。一个个全都虎着脸。顿时，一切都变了。躺在异架上的是溺死的"印度人"，他那模样滑稽的父亲戴着高礼帽，支着罗圈腿，忧伤地站在旁边。

后来他又做了一个梦：他在树林里奔跑，寻找逃跑的海尔纳。他总是看到他在远处树干之间奔跑。每当他刚想喊他时，他却不见了。后来，海尔纳终于站住了，等汉斯走过去，他对他说："瞧，我有一个心爱的人！"接着他哈哈大笑，又消失在树丛之中。

他看见一个漂亮、消瘦的人从船上下来，他有一对宁静神妙的眼睛、美丽安详的手。汉斯向他跑去，可又是什么都不见了。他寻思这是怎么回事，直到他重新想起福音书上那个地方。那里写道："他们立刻认出了他，并跑了过去。"于是，他又机械地去想句中动词的变位，及其现在时、不定式、完成时和将来时等。他得把它的单数和复数全都变一遍，而且一遇障碍他就吓得浑身冒汗。随后，等他清醒过来时，感到自己的脑袋里好像处处是伤。当他脸上不由自主地浮现出一种自暴自弃和内疚的昏昏欲睡的微笑时，他立即听到了校长的声音:"你这样傻笑算什么意思?你倒是应该痛哭一场呢!"

汉斯的病情尽管有几天是好了些,但总的来说非但没有进展,甚至退步了。过去替他母亲看病而且给她开死亡证明书的那位家庭医生,有时来为他父亲治疗关节炎。他对汉斯的病很担忧,而且一直推诿,不肯说出他的看法。

汉斯在这几个星期里才发觉,他在拉丁文学校最后的两年已经没有朋友了。那时的同学,一部分走了,一部分在当学徒。他和他们之间的任何人都没有一点交情。他和他们没有任何来往,他们谁也不关心他。老校长曾两次跟他说了些和蔼的话。拉丁文老师和牧师也在街上向他好意地点头招呼。但是,汉斯毕竟已经跟他们无关了。他不再是一只什么都可以往里塞的桶,不再是任人撒播各式各样种子的农田,已经不值得再在他身上耗费时间和精力了。

如果牧师能稍微关心他一点的话,也许情况会好些。但是,牧师能做些什么呢?他能给他的无非是知识,或者是求知的欲望,这些他过去已经全教给这个孩子了,更多的他也没有。他不是那样的牧师:他们的拉丁文有理由要受到怀疑,他们的布道词摘自众所周知的墨义章节,可是在有困难的时候,人家都乐意去听他们布道,因为他们能以和善的目光和亲切的言辞对待所有受苦的人。就连汉斯的父亲,尽管他竭力隐藏自己内心对汉斯的气愤和失望,他也不是汉斯的朋友和安慰者。

因此汉斯感到很孤独,感到自己被人嫌弃。他坐在小花园里晒太阳,或者躺在树林里追逐他的梦境或痛苦的念头。读书也排除不了他的苦恼。因为一读书,马上就觉得头痛眼酸,而他那些书随便拿哪一本,一打开来,修道院的那些魅影和恐惧情绪就会出现,把他推入令人窒息的、可怕的幻境里,用燃烧的眼光盯得他动弹不得。

在这种忧虑与孤寂之中,另一个幽灵以虚假的安慰者面貌出现,接近了这个患病的少年,渐渐地同他熟悉,变得不可缺少了。那就是死的念头。搞枝枪或者在树林里某个地方挂根绳索并不是难事。在他散步的路上这种念头几乎每天都伴随着他,他察看了个别幽静偏僻的地方,终于发现了一个可以恬静地死去的好地方,并且最终决定那里将是他了结此生之处。他一再到那个地方去,坐在那里想象自己以后有一天被人发现死在这里而感到一种少有的快慰。挂绳索的粗树枝也选定了,还试了试它是否结实。再也没有什么障碍了。他又断断续续地草拟了一封给父亲的短信和一封给海尔纳的很长的信。这两封信应该让人在尸体上发现。

这些准备和一种有了着落的感觉对他的情绪发生了有益的影响。他坐在那根不祥的树枝下面度过些时刻,压抑之感消失了,一种几乎是愉快的感觉涌上心头。

为什么不早就吊死在那根树枝上呢？这一点连他自己都不清楚。主意已定，他要死了，这是决定了的事。想到这些，他觉得很舒畅，因此他并不拒绝在最后时刻尽情地享受一下美丽的阳光和孤寂的梦境，就像人们长途旅行之前喜欢做的那样。反正一切都已安排妥当，哪天动身都行。同样，在原来的环境里再任意地稍微呆一阵子，面对面地看看这些对他的可怕决心还一无所知的人，这对他也是一种苦涩的快乐。每次他碰到医生，总不由得心里想道："嘿，你等着瞧吧！"

命运叫他为他自己阴暗的企图感到高兴，它看着他每天从死神的杯中享用几滴欢乐和活力之酒。原因可能并不在于这个生命是伤残的、年轻的。然而这个生命应该先画完它的圆圈，不该在它浅尝一下生活中的苦乐之前，就让它从平面图上消失掉。

那些无法摆脱的、折磨人的想象现在愈来愈少了，它们被一种疲乏得听其自然、一种麻木迟钝的心情所代替。汉斯怀着这种情绪无所用心地消度时光。他泰然自若地凝视着蓝天，有时好像是在梦游或显得很稚气。有一次，他昏昏沉沉地坐在小花园里的枞树下，心不在焉地反复哼着一支正好想到的老歌，那还是在拉丁文学校时唱的歌：

　　唉！我是这样虚弱，

唉！我是这样疲倦，
包里空空如也，
袋里没有一文钱。

汉斯按照老的旋律哼着，已经唱到第二十遍时，脑子里还是什么都没有想。但是他的父亲却站在窗边，一旁听着，大吃一惊。他的枯燥无味的性格完全不能理解这种无所用心的、麻木、惬意的随便哼唱。他叹了口气，把这情况理解为儿子的智力衰弱、好转无望的标志，从那以后，他更加忧心忡忡地观察儿子。儿子当然也觉察到这点，因而很感痛苦。但是他始终还没有做到这一步：带上绳子去使用那根坚实的粗树枝。

这当儿已经到了热天。从那次邦试以及接踵而来的暑假到现在已经过去一年了。汉斯偶尔也想到这些，但并不特别感慨。他已经变得相当迟钝了。他很想去钓鱼，但又不敢去恳求父亲。每当他站在河边，就感到苦恼。有时他在岸边逗留很久，那里没有人看见他。他那热切的眼睛跟踪着暗黑的鱼群悄没声息的游动。每天傍晚他都走一段路到河的上游去游泳。这样他就得经常打督官盖斯勒的小屋前经过。他偶然地发现三年前他曾爱慕过的爱玛·盖斯勒回家来了。他好奇地看了她几眼。她不再像从前那样使他喜欢了。从前她是个身材窈窕、非常漂亮的姑娘。现在已经长大了，动作僵硬，梳着一点也不天真的时髦发式，使她完全变了样。还有那长长的衣服也不合她的身，她想打扮成少妇模样，可是很不成功。汉斯觉得她很可笑，但他又很难受，因为他想到从前，每当他看见爱玛时，心里就感到莫名其妙的甜蜜、奥秘和温暖。别提了！那时一切都与现在不同，一切都好得多，快活开朗得多，生动活泼得多！好久以来他除了拉丁文、历史、希腊文、考试、神学校和头痛以外，什么都不知道。但那时候还有些童话和强盗故事书。在花园里有自己做的磨坊在转动，晚上在纳肖尔特家的大门口听丽瑟讲惊险故事。有一段时间他还把老邻居大约翰（大家叫他加里巴尔迪）看作是个杀人强盗，还梦见过他。在那些年头每个月都会碰到一件他所盼望的愉快的事。一会儿是盼晒干草、一会儿是盼割苜蓿，接着是盼第一次去钓鱼捉蟹，还有收酿酒花，摇树收李子，烤土豆，再不就是盼脱粒打场，其中特别盼望每个星期天和节假日。那时还有一大堆神秘而有魔力的东西吸引着他。各式各样的房屋、街巷、台阶、谷仓、井泉、篱笆、人和动物，对他都是可爱和熟悉的，或者像谜语似地吸引着他，他曾帮采酿酒花，听姑娘们唱歌，这些歌词大多是令人发笑的，也有些特别令人伤感，使听的人也忧伤起来。

这一切都已烟消云散，成为过去。他当时并没有马上察觉，首先是晚上不再到丽瑟那儿去了，随后是星期日上午不钓鱼，再后便是不读童话书，就这样一样接一样，直到采酿酒花和花园里的磨坊。唉！这一切都到哪里去了呢？

于是这个早熟的少年如今在病中经历了一次非现实的第二个童年。那幼年被人窃走的情操,此刻以一种突然爆发的渴念逃回到美妙朦胧的年代,着魔般地在回忆的森林里迷失方向,到处游逛,这些回忆的强度和清晰度也许是病态的。他以不亚于从前真正经历它们时的热情和温暖来重温这些回忆。被骗走和被剥夺的童年像久被堵塞的泉水一般在他内心喷涌。

树被砍掉了主杆之后,会在根旁萌发新芽,同样,在患了病和被摧残之后,人的心灵往往会回到春天般的萌芽时期和充满遐想的童年,好像它能在那里发现新的希望,把被扯断的生命线重新连接起来似的。这些根部萌发的枝条虽然茂盛多汁,生长迅速,但这种生命只是表象,它永远也不会再长成为一棵真正的树。

汉斯·吉本拉特的情况也是这样,因此有必要在他那幻想的童年王国里稍微跟随他走一段路。

吉本拉特家的房子坐落在古石桥附近,构成了两条极不相同的小街之间的一个角。一条是镇上最长、最宽和最体面的小街,叫硝皮匠巷。他们家的房子就在这条巷子里。第二条巷子陡直上坡,很短,又窄又可怜,叫"鹰巷",是按一家古老而早已歇业的酒店命名的。这家酒店的招牌上有只鹰。

在硝皮匠巷毗邻而居的全是高尚、正直的世家。他们有自己的房子，自己的大教堂，自己的花园，那是些在房子后的坡度很大的有梯级的庭园草地。花园的篱笆一直伸到公元一八七〇年建成的、长满金雀花的铁路路基。就排场而言，只有城镇的中心广场才能和硝皮匠巷媲美。那里有教堂、镇公所、法院、镇议会厅和教区牧师府邸。整洁庄严给人以一种城市的舒适印象。硝皮匠巷内虽然没有办公楼，但是，新老民房上有华丽堂皇的大门，漂亮的古色古香的桁架，细微明亮的尖顶门窗，使这条巷子充满了亲切愉快和光亮之感。巷内只有一排房屋，因为街那边在用横梁胸墙加固的那堵墙脚下，正是河水流经之处。

如果说硝皮匠巷是又长又宽、明亮空旷，显得体面，那么鹰巷正好相反。这里房屋歪斜，阴暗墙上的泥灰都已剥落，山墙行将倒塌，多处门窗损裂，经过修整，烟囱弯曲，屋檐落水管子破损。房子与房子你凹我凸，互相侵夺空间与阳光。巷子很窄，曲曲弯弯拐来拐去，而且始终是黑洞洞的。在下雨天或者太阳下山之后变得又湿又暗。所有窗前竹竿和绳索上总是挂满衣服。这是因为这条巷子窄得可怜，又有那么多人家住在里面，更不用提所有那些二房客和只租个铺睡睡的人了。这些歪歪斜斜的老房子的每个角落里都有人满之患。贫穷、罪恶和疾病也就在这里滋长。要是出现伤寒病，准是在这里；如果打死人了，也总在这儿；有什么地方失窃,那首先就到"鹰巷"来找案犯。走江湖的货郎总去那里投宿,他们中间有逗人发笑的脂粉商浩特和磨刀匠亚当·希特尔,这个人,大家说他是无恶不作的。

汉斯上学的最初几年里是"鹰巷"的常客。他和一群不三不四、头发黄褐、衣衫褴褛的小孩一起听那个声名狼藉的洛蒂·佛罗米勒讲凶杀故事。这个女人和一家小旅馆的老板离了婚,还坐过五年牢。从前她是个出名的美人,在工厂里有许多情人。她所造成的丑闻和动刀子事件不胜枚举。现在她独自一人生活,晚上工厂下班后以煮咖啡和讲故事消磨时光。这时她把门开得大大的,除了妇女和青年工人以外,经常还有一群街坊邻居的小孩在房门外面听得津津有味,而又相当害怕。黑黑的炉灶上水在锅里滚沸,旁边燃着一支蜡烛,烛光和煤的蓝色火焰照着挤满人的黝黯房间。投在墙壁和天花板上的听众的影子特别大。随着摇曳的火光,影子像幽灵似地晃动,室内充满了神秘气氛。

八岁的汉斯在那里认识了芬肯拜因兄弟俩。他不顾父亲的严厉禁止,和他们保持了约一年之久的友谊,这两兄弟名字叫多尔夫和爱米尔,是镇上坏得出奇的顽童,以偷水果和破坏森林而出名。耍花招和恶作剧是他们的拿手好戏。此外还买卖鸟蛋、铅丸、小乌鸦、欧椋鸟和兔子。晚上偷偷钓鱼。他们在镇上所有的花园里出入自如,因为没有一道篱笆上的尖刺、没有一垛围墙上嵌着的密密层层的碎玻璃，能阻止他们翻越过去。

但是汉斯跟住在"鹰巷"里的赫尔曼·莱希腾海尔关系最密切。他是个孤儿，一个病残、早熟和不寻常的孩子。因为他的一条腿太短，不得不经常拄着拐杖走路，也不能参加巷内孩子们的游戏。他身材瘦削，有一张苍白的受折磨的脸，一只早年说话就不多的嘴和太尖的下巴。他的手灵巧极了。对钓鱼的热情尤其高，他这种热情感染了汉斯。汉斯当时还没有钓鱼许可证，但他们还是躲在隐蔽的地方偷偷地钓。如果说打猎是种乐趣，那么偷猎便是众所周知的极大享受。瘸腿的莱希腾海尔教汉斯怎么削真正的钓竿、编马鬃、染钓丝、绕线结、磨尖钓钩等等。他还教他怎样看天气和水，怎样用糠秕把水搞混浊，选择恰当的钓饵，把它牢牢地固定在钓钩上。他还教他区别鱼的种类，窥伺鱼儿上钩，钓丝放进水里应当多深。他不怎么说话，而是通过自己的示范，当场把这些动作以及在拉起或放下钓竿时的细微感觉传授给他。对于店里出售的漂亮钓竿、浮子和透明钓丝以及所有人工制作的钓具，他都嗤之以鼻，竭力嘲笑。他使汉斯相信，不用自己削的钓竿和全部都是自己做的钓具去钓鱼简直是不可能的事。

汉斯和芬肯拜因兄弟俩是因生气而分手的。安静而跛腿的莱希腾海尔却没有争吵就离开了他。那是二月里的一天，他摊开四肢躺在简陋的小床上,把拐杖放在堆着衣服的椅子上,开始发烧,而且很快就静悄悄地死去了。"鹰巷"的人立刻就把他忘了,只有汉斯还久久地想念他。

对汉斯来说"鹰巷"的不寻常的居民还有的是。谁不知道因嗜酒而被解雇的邮递员罗特勒?他每两星期总有一次喝得醉倒在街上或者夜里做出些荒唐事来,但平时却驯良得像个孩子,而且总是和善地微笑着。他让汉斯从他那只椭圆形的盒子里吸鼻烟,有时也接受汉斯送给他的鱼,用黄油煎了之后请汉斯一起吃饭。他有一只装着玻璃眼睛的鹬鸪标本和一只旧八音钟,它以悦耳的单音奏出一个个古老的舞曲旋律。另外,谁不认识那个很老很老的机械工波尔施?他经常在衣袖上套着一副袖套,光着脚板走路。他的父亲是个旧学校里严厉的乡村教师,因此波尔施会背诵半部《圣经》,知道许许多多谚语和道德格言,可是无论是谚语格言,还是他那雪白的头发都不能阻止他厚着脸皮去讨好姑娘们和经常喝得烂醉。每当他喝得有点醉意时,便喜欢坐在吉本拉特家屋角的挡车石上,唤着所有行人的名字,对他们说他那一大堆格言。

"小汉斯·吉本拉特,我的好孩子,听我对你说,西拉赫①是怎么说的?不出坏主意,良心坦荡荡,这样的人有福

---

① 犹太哲学家。

了!美丽的树上,绿叶有的凋落了,有的又长出来;人也是这样,有的死亡,有的出生。好,现在你可以回家了,你这条海狗。"

尽管老波尔施通晓那么多虔诚的格言,可他脑子里还装满了关于鬼神之类的神秘离奇的故事。他知道鬼神出没的地方,而且对于自己所讲的故事总是将信将疑。他在开始讲故事时,大多是用疑惑、夸张和蔑视的口气,好像是在嘲笑这个故事和他的听众似的。可是渐渐地在讲述过程中他胆怯地屈服了,他的声音越来越低沉,最后在一种微弱、恳切的、令人毛骨悚然的细语细声中结束他的故事。

在这条贫穷、窄小的巷子里有着多么可怕而捉摸不透的、隐秘逗人的东西啊!铜匠布兰德尔在他的店铺停业和他那荒废的工场完全衰败之后,也在这条街上住过。他在自己小小的窗子前一坐就是大半天,忧郁地望着这条生气勃勃的巷子。有时,假如哪个邻居家一个衣衫褴褛的肮脏的小孩落到他的手里,他就要幸灾乐祸地大肆折磨他,拧耳朵、扯头发,拧得他青一块紫一块。但是,有一天,人家却发现他吊死在自己的楼梯上,是吊在一根镀锌钢丝上的。他的样子吓人极了,因而没有人敢靠近他,直到老机械工波尔施用剪铁皮的剪刀从后面把钢丝剪断,吐着舌头的尸体才掉了下来,滚下楼梯,一直滚进那些吃惊观看着的人群之中。

汉斯每次从明亮、宽阔的硝皮匠巷走进阴暗潮湿的"鹰巷"时，随着那种特别令人窒息的空气，他产生一种高兴而又害怕的困惑感，产生一种混合着好奇、恐惧、做了坏事而不安以及将要遭遇惊险经历的快乐预想的复杂心情。"鹰巷"是会出现童话世界、发生一种奇迹、一桩空前恐惧事件的唯一地方。在那里人们就觉得妖术和鬼神是可信的和可能的，在那里你可以像在阅读被教师没收的神话传说和大出其丑的罗特林民间故事时那样，同样感到极其迷人的恐怖。这些书里讲的是阳光维特尔、剥皮汉斯、耍刀子的卡尔、邮递员米歇尔以及类似的黑社会英雄、凶犯和冒险家等人的卑劣行径和受惩罚的故事。

除了"鹰巷"还有一个是与众不同的地方，一个你可以听到和经历到什么的地方，一个可以在那黝黯的顶楼和不寻常的房间里忘却自己的地方。那就是附近那个很大的鞣皮场，那所又旧又大的房子在昏暗的顶楼挂着一张张大兽皮，在地下室里有盖住的坑和禁止通行的通道。晚上丽瑟就在那儿给所有的孩子讲动人的童话故事，那里比对面"鹰巷"幽静些、友好些、更富有人情味些，但却同样地迷人。制革工人在坑里、在地下室、在鞣皮场和灰泥地上的操作是少见的，很特别，很有趣。又大又深的房间很静，既吓人又诱人。身体强壮、愁眉苦脸的房主叫人害怕，也叫人讨厌，像是吃人的怪兽。丽瑟则像个仙女似地在这间奇怪的屋子里走来走去，像是所有孩子、鸟儿、猫和狗的保护人和母亲，心地善良，脑子里装满了诗歌和童话。

这孩子的思想和梦幻现在就在这个早已对他变得陌生的世界里漫游着。莫大的失望和灰心使他逃进已经流逝的美好时光，那时，他还充满希望，世界像一个巨大的魔术森林，展现在他面前。森林的最深处隐藏着可怕的危险、受到诅咒的财宝和绿宝石宫殿。他只走进这个林莽一小段路，但是，奇迹还未出现，他却已经疲倦了，如今他又站在神秘而朦胧的入口处，不过，这一次是作为局外人，怀着悠闲的好奇心。

汉斯又到"鹰巷"去过几次，发现那里还是和以前一样昏暗，充满臭气，看到那些角落还是老样，楼梯间还是黑洞洞的。白发老人和妇女还是坐在门口。蓬头垢面的孩子们哭哭嚷嚷。机械工波尔施更老了，已经不认识汉斯了，只用一声揶揄而短促的、像羊叫一样的声音回答了汉斯对他羞怯的问候。那个大约翰，大家叫他加里巴尔迪的，已经去世，洛蒂·佛罗米勒也死了，邮递员罗特勒还活着，他向汉斯诉苦，说孩子们把他的八音钟搞坏了。他给汉斯吸鼻烟，接着就想求他周济。最后他又谈起了芬肯拜因兄弟俩的事，其中一个如今在纸烟厂工作，已经像个老人那样酗酒了，另一个则在一次教堂落成典礼上动刀子后走了，至今已一年未回。这一切给汉斯一种悲伤和苦恼的印象。

有一天晚上，他经过大门入口处，穿过潮湿的庭园走进鞣皮场，在这座又大又旧的房子里好像隐藏着他的童年以及他已经失去的欢乐。走过弯弯曲曲的阶梯和铺着石块的前廊爬上了阴暗的楼梯，摸进挂着兽皮的顶楼，闻到刺鼻的皮革味，这时突然云涌般地勾起他对往事的回忆。他又下楼寻到后院，那里有制革坑和用以干燥硝革箱的、上面有窄盖的高架。丽瑟正坐在墙墩上，打算削篮子里的土豆，有几个孩子围着她听她讲故事。

汉斯站在阴暗的门口倾听，将近黄昏时分，鞣皮场一片恬静，除了微弱的潺潺河水声外，只听见丽瑟削土豆皮的沙沙声和她的讲话声。这条河从院子墙后流过。孩子们安静地蹲着，一动不动。她在讲圣克利斯朵夫的故事，好像夜晚河面上传来孩子呼唤圣克利斯朵夫的声音。

汉斯听了一会，轻轻地穿过黑色前廊回家去了。他感到自己已不再是个小孩，可以在晚上坐在鞣皮场听丽瑟讲故事了，他又像避开"鹰巷"那样，避开了鞣皮场。

第六章

时间已近深秋。夹杂在黑压压的枞树林中的阔叶树像火炬般闪耀着红色和黄色。峡谷里已经升起浓雾，河水在清晨的凉气中冒汽。

这位脸色苍白的前神学校学生每天仍在户外散步，无精打采，疲乏困倦，并且回避他本来可以有的一点儿交往。医生要他服用药水、鱼肝油、鸡蛋和洗冷水浴。

这一切都无济于事，那也不足为奇。每个健康人都必须有生活的目的和内容，而这对于年轻的吉本拉特来说已不复存在。现在他的父亲决定让他去做抄写员或去学手艺。尽管孩子的身体还很荏弱，还应该再恢复点体力，可是现在可以先考虑一下，怎么认真对待他的事情。

自从第一次的混乱印象缓和下来以及他自己也不再相信自杀这点以来，汉斯从激动和多变的恐惧状态陷进了有规律的悲伤之中，他缓慢地、无法抗拒地陷了进去，就像陷进一块软绵绵的烂泥地一样。

现在他漫步在秋天的田野上，屈服于季节的影响。已是深秋季节，无声的落叶、枯黄的草地、清晨的浓雾、植物的成熟、枯萎和死亡使他像所有的病人一样感伤不已，惆怅满怀。他希望自己一道消失、安眠、死亡，然而他那年轻的生命力违反这种愿望，并坚韧地默默地活着，他感到痛苦万分。

他看到树木变黄、变褐，变得光秃秃，看到林中升起乳白色的雾，看到采摘了最后一批水果之后变得毫无生气的果园，已没有人再观赏那园中已经凋零的翠菊。汉斯还看着河水，那里也没有人到河里去游泳和钓鱼了，枯叶覆盖着河面，只有坚韧不拔的制革工人还在寒冷的河岸旁坚持工作。几天来河里飘着大量榨过汁的果子渣，因为压榨场和各个磨坊现在都在辛勤地榨果汁，城里大街小巷都飘着一股发酵的果汁香味。

鞋匠弗莱格也在下游的磨坊里租了一台小压榨机，还邀请汉斯去榨果汁。

磨坊前的场地上放着大大小小的压榨机、车辆、一篓篓一袋袋的水果，还有双提把大木桶、洗桶、吊桶和圆桶。褐色的果子渣堆积如山。到处都是木操纵杆、手推车和空车。压榨机正在工作，发出喀嚓喀嚓、叽咕叽咕的呻吟声和尖叫声。大部分压榨机漆了绿色，这种绿色和果子渣的棕黄色、苹果篓子的颜色、浅绿色的河水，光着脚的孩子以及秋天明亮的太阳,这一切给任何注视它们的人以一种生气勃勃、欢乐愉快、富裕的印象。榨碎的苹果发出叽叽声,酸溜溜地叫人们开胃。谁来到这里,听见这种声音,都会连忙抓起苹果来啃的。管子里流出来的甜美的橙色浓汁在阳光下微笑;凡是来到这儿,看到这情景的人都不得不要只杯子,快快地品尝一下,然后站在那里,眼睛也湿润了,一种甜美、舒适的感觉浸透了全身。四周空气中充满了甜果汁的欢快、浓郁、迷人的香味。这种香味正是一年中最美的东西,是成熟和收获的象征。在冬天将临时吮吸这种芳香,令人心旷神怡,因为在这时人们可以怀着感激之情回忆一大堆美好、神奇的事:五月的绵绵细雨、夏天的暴风骤雨、秋天清凉的晨露、春天和煦的阳光和炎夏炙人的烈日,还有那白色和玫红色的闪闪发光的花,收获前果树上果子成熟的棕红色光泽以及一年四季带来的美好和喜悦。

这是每个人兴高采烈的日子,那些肯屈尊俯就亲临现场的富翁和摆阔的人,拿起他们滚圆的大苹果在手里掂着分量,数着他们十几袋或更多袋的苹果,用一只袖珍银杯品尝果汁,让每个人都听到,说他们的果汁里一滴水都没有掺。穷人们只有一袋果子,用玻璃杯或陶制碗尝果汁,还掺了些水在果汁里,但他们的得意和愉快神色也并不稍减。凡是由于某种缘故不能榨果汁的,就跑到熟人和邻居那儿,从一架压榨机到另一架,到处都能得到一杯果汁、一只苹果。他还说些行家的话来证实他也懂得这一门道。许许多多的孩子，无论贫富，都拿着一只小杯子到处乱跑。每个人手里有个咬过的苹果和一片面包，因为自古以来就流传着无法解释理由的传说，说什么在榨果汁的季节大吃面包，以后就不会肚子痛。

压榨机场上上百把个人声嚷成一片，更不用提孩子们的喧闹声了。所有这些声音都是热烈的，兴奋的，愉快的。

"过来呀，哈纳斯！到我这儿来，来喝一杯！"

"多谢，多谢，我已经喝得肚子痛了。"

"你一百斤付了多少钱？"

"四马克，不过东西可挺好。你尝尝看！"

有时发生一件小小的不幸，一个苹果袋过早裂开了，苹果滚得满地都是。

"真该死！我的苹果！大家来帮忙拣呀！"

大家都来帮忙拣苹果，只有几个顽童想趁机捞外快。

"不要藏起来呀，你们这些浑蛋！你们要吃尽管吃，但是不要藏起来。你等着瞧，你这个古特德尔，笨蛋！"

"嘿，好邻居，别那么神气！你尝尝我的看！"

"像蜜一样甜！完全跟蜜一个样。您榨了多少？"

"两桶，就这么多，但都是好的。"

"幸好我们不是在大热天榨果汁，否则，就会被我全部喝光的。"

今年也有几个好叹苦经的老年人在场,他们是不能少的。他们自己已有很久不榨果汁了,但是他们比谁都懂,而且大谈公元某年某年,那时苹果简直像奉送似的,全都又便宜又好,根本还没有人知道要掺糖,那时树上结的果子就是和现在的完全不一样。

"那时才说得上是好收成呢,我有过一棵苹果树,一棵树就结五百斤。"

可是尽管时代变得这么坏,这些好叹苦经的老人今年还是来帮忙品尝个够。那些还有牙齿的人都在啃他的苹果,有一个甚至还硬撑了几只大肥梨,吃得肚子都痛了。

"我说的嘛,"他大发牢骚说,"从前,这种梨子我一次能吃十个。"他怀念起那个能吃十个梨子而不闹肚子痛的时代,便当真大叹起气来了。

弗莱格先生租的压榨机就放在拥挤的人群当中,他叫那个年长的学徒当帮手。他的苹果是从巴登买来的,他的果汁也总是最好的。他暗自得意,也不阻止别人来"尝那么一下"。他的孩子们更加高兴。他们在人群中兴高采烈地追来追去。但是最开心的是他的学徒,虽然他一声不响。他浑身感到舒服的是又可以在户外做剧烈活动和干活了,因为他出生在山区一个贫穷的农民家庭里。就连这种果汁甜味也叫他感到乐滋滋的。他那张健康的农家子弟的脸,笑得像个山林之神①,他那双鞋匠的手洗得比任何一个星期天都干净。

汉斯来到广场时,一声不吭,有些胆怯。他本是不打算来的。但他才走到第一台压榨机跟前,就有人递给他一杯果汁,那是纳肖尔特家的丽瑟。他尝着果汁的味道,在往下咽时那股甜美有劲的果汁味给他带来一大堆往年秋天有趣的回忆,同时使他产生再一次和大伙一起干、共享快乐的胆怯愿望。熟人们找他搭讪,一个个杯子递到他的手中。当他来到弗莱格的压榨机跟前时,众人的欢乐和可口的饮料已经把他吸引住,他完全变成另一个人了。他快活地向鞋匠师傅问候,还说了一些榨果汁时流行的俏皮话。师傅隐藏着他内心的惊异,高高兴兴地欢迎他。

半小时后,走过来一个穿蓝裙子的姑娘,向弗莱格和他的学徒笑笑,接着就帮起忙来。

"哦,"鞋匠师傅说,"这是我的侄女,从海尔布龙来,她自然是习惯于另一种秋收的,她家乡是盛产葡萄的呀。"

她约有十八九岁,活泼爽朗像个平原人,个子不高,身材匀称,体形丰满,圆圆的脸上有一双乌黑热情的眼睛和一张漂亮而讨人喜欢的小嘴。总的看来尽管她是一个健康活泼的海尔布龙女子,但一点不像是虔诚的鞋匠的亲戚。她完全

---

① 希腊神话中性好欢娱及耽于淫欲的神。

是个尘世的人,她那双眼睛看来不像是晚上或夜里总在读《圣经》或戈斯纳民间故事集的人。

汉斯突然又面露愁容,热切地希望爱玛很快就走掉。可是她却留在那儿,笑着,聊着天,对每一句俏皮话都对答如流。汉斯感到害羞,话都不说了。同他不得不用"您"字来称呼的年轻姑娘来往,本来他就害怕,而爱玛是这样活泼、健谈,对于汉斯的在场和他的腼腆并不在意,以致使汉斯手足无措,有点受了屈辱而又蜷缩起来,像一只路旁的蜗牛,被车轮碰到时,急忙把触角缩进去似的。他一声不响,想使自己看上去像个觉得厌倦的人,但是他的意图没能成功,相反,他的脸上却表现出好像刚才死了什么亲人似的。

没有人有空去注意这件事。爱玛自己更没留意。汉斯听说,她是两星期前来弗莱格家作客的,可是全城的人她都认识,她到处跑来跑去品尝新鲜果汁,说说笑话,又回来热情地抱起小孩,给他们分送苹果,还哈哈大笑,快活得窜来跳去。她对每个街上的孩子喊:"你要苹果吗?"然后手拿一只漂亮的红苹果,把两只手藏在背后,让孩子们猜:"苹果在右手还是左手?"但是总是猜不对,一直要等到孩子骂人,才拿出一只小一点的青苹果来。她似乎也听到过关于汉斯的事,问他是不是就是那个老是要头痛的人。没等他回答,她又和旁人去谈别的话了。

汉斯正打算溜回家去时,弗莱格却把摇柄交给了他。

在轮下 | 153

"喏,现在你可以接下去搞,爱玛帮你忙。我要到工场里去。"

师傅走了,学徒受到委托和师母一同把果汁抬走,汉斯留下来单独和爱玛呆在压榨机旁,他咬着牙,拼命地干。

汉斯觉得奇怪,怎么操纵杆会这么重,当他抬起头来看时,姑娘爽朗地大笑起来,原来是她开玩笑顶住了,汉斯生气地重新压时,她又顶了一次。

汉斯一句话都不说。可是当他推动被姑娘的身体在另一边抵住的操纵杆时,汉斯突然害臊起来,他慢慢地停下来不再继续转,一种又甜蜜又害怕的感情向他袭来。当他看到爱玛调皮地微笑时,突然觉得她好像变了,变得较为亲切但却更陌生了,他也笨拙地微微露出笑容。

接着操纵杆完全停了下来。

爱玛说:"咱们不必这样用劲。"随即把自己刚才喝剩下来的半杯果汁递给汉斯。

他觉得这果汁似乎比刚才的更甜更浓。他喝完后,若有所求地瞧着空杯,感到惊异,他的心跳动得那么激烈,呼吸是那么急促。

随后他们又工作了一会儿。汉斯都不知道自己在做什么。汉斯想站得让姑娘的裙子碰到他,她的手也能触到他的手。汉斯自己都不知道是怎么搞的。但是每当发生这种情况时,他的心中又惊又喜,一种愉快的、甜蜜的感情向他袭来,双膝有些颤抖,头脑晕得嗡嗡作响。

他不知道说了些什么,但是他回答了她的问题,她笑他也笑,她玩笑开得过火,汉斯就用手指威胁她,并且两次喝光了从她手中拿来的果汁。此刻一大堆的回忆涌上他的心头:他看见过晚上与男人们站在门口的女佣人、小说书上的一些句子、接吻、赫尔曼·海尔纳那时给他的一吻,学生们暗地里说的关于"姑娘"的一些话和事,以及"要是有个心上人该怎样"等等。此时他像一匹拖着车子上山的驽马一样上气不接下气。

一切都变了,周围的人和繁忙的事都溶化成五彩缤纷、笑容可掬的云朵,各种声音、咒骂声、哄笑声淹没在混浊的喧闹声中。河流和古桥看起来多么遥远,就像画的一样。

爱玛的外貌也变了,他再也看不到她的脸,只看见那双深色的愉快的眼睛,一张红润的嘴,尖尖的皓齿。她的身段模糊不清,只能看到其中的一部分。一会儿是一只穿着黑色长袜子和皮鞋的脚,一会儿是蓬乱拳曲的头发披在颈后,一会儿是藏在蓝头巾里晒得红红的浑圆的脖子,一会儿是绷紧的肩膀和下面那呼吸起伏的胸部,一会儿是一只红得透明的耳朵。

又过了一会儿,她的杯子掉进双提把大木桶里了,她俯身去捡时,她的膝盖在桶边碰到了汉斯的手腕。他也弯下身去,但是慢慢地,他的脸几乎碰到她的头发。头发有一股淡淡的香味，在松松的鬈发遮盖下，直至蓝色紧身衣的部位，温暖美丽的褐色颈项闪闪发亮，紧身衣虽然扣得很紧，但还是露了一条缝。

她重新站起来时，她的膝盖顺着他的手臂滑动，她的头发擦着他的面颊，她的脸因弯腰而涨得通红，这时，汉斯全身剧烈颤动。他脸色发白，刹那间他觉得疲惫不堪，只是紧紧抓住压榨机的把手。他的心忐忑不安地急剧颤动。双手无力，双肩疼痛。

从那时起，他几乎不再说话，尽量避开姑娘的目光，但是只要爱玛向别处张望，他就怀着一种不可名状的欢乐和内疚混杂在一起的心情盯住她，这时，他心中的某种东西给撕碎了，一片带着蓝色的遥远海岸的新奇陌生的国土展现在他的面前，他不知道，或者只是预感到他心中的痛苦与快乐意味着什么，但也不知道究竟是痛苦多于快乐，还是快乐多于痛苦。

快乐意味着他年轻的恋爱力量的胜利和对于暴风骤雨生活的最初预感。而痛苦则意味着清晨的安宁被破坏和他的心灵已经离开了童年时代的国土，再也无法重新寻获。他那一叶轻舟才勉强脱离第一次船只遭难的危险，又遭到新的暴风雨的袭击陷入浅滩和令人粉身碎骨的暗礁的边缘，要通过这个险区，即使是引导得最好的青年也找不到带路人，只得依靠自己的力量寻找出路和救助。

现在学徒又回来接替汉斯榨果汁,这下就好了。汉斯在那里还待了一会,还希望再碰一碰爱玛或者听她说几句友好的话,爱玛却又跑到别的榨机旁去聊天了。汉斯在学徒面前感到有些窘迫,他连声再见都没说就溜回家去了。

一切都变了,变得又美又动人。那些靠苹果葡萄渣喂肥的麻雀叽叽喳喳掠过天空,天空还从来没有这样高,这样美丽,这样蔚蓝。河流从来没有这样清澈,像面碧绿的明镜,起沫的堰堤从未有过这么耀眼洁白。一切好像是才画成的、放在明净的玻璃镜框里的装饰画,似乎在期待着盛大节日的到来。他感到心中有种奇怪大胆的感情和明显的希望,那是受约束的强烈不安而又甜蜜的波涛与胆怯恐惧的结合。那只不过是无法实现的梦想。这种矛盾的感觉愈来愈变成一种黑洞洞的汹涌的泉源,好像有股十分强劲的力量在他身上迸发、释放出来——这也许是啜泣,也许是歌唱,喊叫或大声欢笑。汉斯这种激动的心情到家后才有些缓和。自然在家里一切照旧。

"你从哪儿来?"吉本拉特先生问道。

"从磨坊附近的弗莱格那儿来。"

"他榨了多少果汁?"

"我想是两桶吧。"

他请求父亲如果榨果汁就请弗莱格的孩子们来。

"自然,"爸爸喃喃地说,"我下星期榨果汁,到时候去把他们接来好了。"

离吃晚饭还有一小时,汉斯向花园走去,那里除了一棵枞树外,很少再有什么绿色了。他折了一根榛树枝,在空中挥动得沙沙响,用它把那些枯叶打落。太阳已隐没在山后。黑压压的山上,线条像头发丝一样细的枞树梢划破了绿里带蓝的潮湿清澈的傍晚天空。一大片灰蒙蒙的云被夕阳的余晖照成黄褐色,像只返航的船穿过浅黄色的天际向山谷那边慢慢飘浮。

汉斯漫步穿过花园。绚丽多彩的夜景以它那奇特的、陌生的方式把他吸引住了。有时他停住脚步,闭上眼睛回想爱玛怎样和他相对地站在压榨机旁,她怎样要他喝她杯里的果汁以及怎样俯身在桶上,满面通红地又站立起来。他看到她的头发,紧裹在蓝色衣服里的身段,她的脖子和黑色短发遮盖的棕色颈项。这一切使他充满着愉快和战栗,只有她的脸孔,他再也想象不出来了。

夕阳西下,他并不感到有一点凉意,而觉得渐近的薄暮好像一条他不知道如何称呼的神秘的面纱。他虽然明白自己是爱上了这位海尔布龙来的姑娘,但他只是把他血液里焕发出来的男性活力模模糊糊地理解为一种不寻常的、受引诱的和令人疲倦的状态。

吃晚饭时,他怀着变了样的心情坐在原来的位子上,觉得周围也变了样。他觉得父亲、老仆人、桌子和用具以及整个房间突然变老了,他以一种诧异、陌生又温情脉脉的情绪望着这一切,好像他刚经过长期旅行才归来似的。以前,他对那根坚固的树枝朝思暮想时,他以一个告别者的悲伤冷静的感情观察这同样的一些人和物,而现在感到的是归来、诧异、微笑和重新占有。

吃完饭,汉斯已经打算站起来时,父亲用他那种简短的方式说话了:"你愿意当技工呢,还是情愿做抄写员,汉斯?"

"怎么啦?"汉斯吃惊地反问道。

"你可以在下周末到舒勒技师那儿去,或者再下个星期到市政厅去当练习生,你好好考虑一下,我们明天再谈。"

汉斯站起来走了出去,这突如其来的问题使他晕头转向。日常充满生气的繁忙生活突然摆在他面前,这几个月来,他可对于这种生活已经感到生疏了,它有一副诱人的脸孔和一副威胁人的脸孔,它有许诺,有要求。他真心感兴趣的既非当技工也不是做抄写员,他对于从事手工时那种紧张的体力劳动有些害怕。他想起了他的同学奥古斯特,他已是个技工了,他可以去问问他。

当他在思索这件事情的时候,他的想法愈来愈模糊和淡薄,这件事对他说来并不如此急迫和重要,另有别的事使他烦心,他不安地在门廊里踱来踱去,突然,他戴上帽子,离开了家,向小巷慢慢走去,他想到,他今天还必须再见一见爱玛。

天色已晚,附近一家酒店里传出喧嚣声和沙哑的歌声,有些窗户明亮,这里那里点着一盏盏灯,微弱的红光在昏暗的空气中闪亮,一长排姑娘手挽手,说说笑笑,快快活活地从巷子里走过来,在摇曳的灯光中像一股青春快乐的暖流透过安然入睡的小巷。汉斯久久地目送着她们,激动得连心都要跳出来了。一扇挂着窗帘的窗户里传出小提琴声。井泉旁有个妇女在洗莴苣。桥上有两个小伙子和他们的情人在散步。其中一个随随便便地握着他情人的手,一边摇晃着她的手臂,一边抽烟。第二对紧紧地靠在一起慢慢地走着,小伙子搂着姑娘的腰,姑娘则将头和肩紧贴在他的胸上。这种情景汉斯已见过几百次,从没去注意过,而现在这情景具有一种神秘莫测的意思,一种模糊甜蜜的渴望之意。他的目光停留在这群人身上,他的幻想预感到那情景的含义。他感到内心不安和动摇,一种巨大的神秘在向他靠近,他不知道那是可爱的还是可怕的,但是这两者他都战栗地预感到一些。

他在弗莱格的小屋前站住了,没有勇气跨进去。他到里面去该干什么,又说什么呢?他不禁想到,当他还是个十一二岁的孩子时经常到这里来,弗莱格给他讲《圣经》故事,回答他关于地狱、魔鬼和幽灵的一大堆新奇的问题,这种回忆使他不适和不安。他不知道要做什么,甚至不知道究竟希望什么,似乎要面临一些秘密和被禁之事。他觉得在黑暗中站在鞋匠家门口不进去是不应该的。假如鞋匠看见自己站在那里或者他此刻从里面走出来,他很可能不会骂自己而会嘲笑自己,汉斯最怕这一点。

他悄悄地走到屋后,可以从花园篱笆外看见点着灯的起居室。没有看见鞋匠师傅。他的妻子像是在缝东西或是在织毛衣。大孩子还没睡,他坐在桌子上看书。爱玛走来走去,显然是忙着整理房间,所以他总是只能看到她一眼。四周一片寂静,可以听到小巷远处传来的每种脚步声,也能清晰地听到花园那边河里低沉的流水声。天愈来愈黑,愈来愈凉了。

起居室窗户旁有一扇黑洞洞的过道小窗。隔了一会,有个模糊的人影倚窗而立,向黑暗中张望。汉斯认出这是爱玛。他不安地期待着,心脏像是停止了跳动。爱玛站在窗口静心地瞧了好一会。他不知道她是否看见了他,或者是否认出了他。他一动不动呆呆地向她望去,怀着捉摸不定的胆怯心情,既害怕又希望她把他认出来。

接着,那个模糊的人影从窗口消失了,随即小花园门上的把手响了,爱玛走出屋来。汉斯吓得想跑,却身不由己地倚在篱笆旁,看着姑娘穿过漆黑的花园,慢慢向他走来。她每走近一步都促使他想逃走,但是一股更强大的力量又把他挽留住了。

现在爱玛正站在他前面,不到半步路远,其间只隔着矮

篱笆。她仔细而古怪地瞧着他,好久没说一句话。后来她低声地问:

"你要什么?"

"不要什么。"他说。她用"你"称呼他,这使汉斯感到如同抚摸了他的肌肤。

她把手伸出篱笆,伸给汉斯。他胆怯温柔地拉着,握了一会儿,她也没有缩回去,便鼓起勇气小心翼翼地抚摸爱玛温暖的手。当她依旧听任他抚摸时,他便把她的手放在自己的面颊上。极大的欢乐、奇异的温暖和陶然微醉的疲倦像潮水般向他涌来,周围的空气似乎又和煦又燥热潮湿,他不再看见花园和小街,只看到面前白皙明亮的脸庞和蓬乱的深黄色头发。

"你想吻我吗?"当姑娘低声地问时,汉斯似乎觉得是夜晚从远处传来的声音。

白皙的脸庞愈靠愈近,她身子的重量把篱笆压得微微向外弯,松散、蓬乱、清香的头发擦到汉斯的额头,洁白、开阔的眼睑和深色的睫毛遮盖着闭拢的双眼紧紧贴近他的眼睛。当他用畏惧的嘴唇接触姑娘的嘴时,全身震颤,他即刻战栗地缩回去,但是她却用双手紧紧抱住他的头,脸紧贴着他的脸,紧吻不放。他感到她的嘴在燃烧,狂热地把他紧紧压住,贪婪地吮吸,好像要把他的生命吸尽。他全身软弱无力,少女的双唇还未松开,他那震颤的欢乐已变成了极度的疲劳和痛苦。当爱玛放开他时,他摇摇晃晃竭尽全力地用手紧紧抓住篱笆。

"你明天晚上再来。"爱玛说着连忙回家去了。她走了还不到五分钟,汉斯觉得似乎已过了很久。他用失神的目光目送着她,还紧紧抓住篱笆条,疲倦得难以举步。像做梦似地倾听着血液在头脑里奔流,像起伏不定令人痛苦的波涛,从心脏里流出又再流回,使他难以喘息。

现在他看见房门开了,师傅走进房间,他大概到工场去过了。怕被别人发觉的心情向他袭来,促使他离开那里,像个有点喝醉的人似的勉勉强强、摇摇晃晃慢慢地走着。他每走一步都感到双膝要跪下去似的。漆黑的街巷连同昏昏欲睡的山墙和暗红色的窗,古桥、河流和庭园,像褪色的布景从他身旁掠过。硝皮匠巷的井泉发出特别响亮的拍击声。汉斯像个梦游人似地打开一道大门,穿过漆黑的过道,上了楼梯,把一扇门打开又关上,又打开一扇门,又把它关上。坐在一张放在那里的桌子上,隔了相当一段时间才清醒过来,才觉得自己是在家里坐在自己房里。又过了一会才决定脱下衣服。他心不在焉地脱下衣服坐在窗口,直到突然感到有一阵秋夜的凉意才上床休息。

他以为立即就会入睡,可是才躺下就觉得有些热,他的心又怦怦直跳,血液沸腾。他一闭上眼,就觉得姑娘的嘴还紧贴在他的嘴上,要吸取他的心灵,用令人痛苦的热气充满他的身心。

他很晚才入睡,梦幻接连不断地追逐着他。梦中他站在阴森可怕的黑暗中向周围摸索着去抓爱玛的手臂,她紧紧地拥抱他,他俩慢慢沉入了温暖、深沉的洪流之中。突然鞋匠站在那里问他为什么不去看他,这时汉斯不由得笑起来,他觉得这不是弗莱格而是海尔纳,海尔纳和他坐在毛尔布隆的礼拜堂里的一扇窗旁开玩笑。但是这立即就消失了。接着是他站在压榨机旁,爱玛顶住了操纵杆,他则竭力反抗,她弯过身来寻找他的嘴,四周一片漆黑寂静,此刻他又沉入温暖黑暗的深渊之中,觉得一阵眩晕,同时听到校长在做报告,他不知道是不是在讲他。

后来,他一直沉睡到天亮。天气晴朗,他久久地在园中走来走去,想清醒清醒,可还是被包围在一片浓雾之中。他望着紫色的翠菊,这是园中最后的花朵,在阳光下欢笑,好像还是八月天,他又看看温暖可爱的阳光在枯萎的枝条和光秃的藤蔓周围柔情而讨好地照耀着,好像是早春季节似的。可是他只是看看而已,他没有去体验,这些与他毫不相干。突然他清楚强烈地回忆起一件往事来,那时他的兔子还在这园子里到处奔跑,他的水车轮还在转动,小木槌子还在敲打。他想起了三年前九月的一天。那是在色当节前夕,奥古斯特来到他这里,还带来了常春藤,他们把旗杆洗得光亮亮的,把常春藤扎在金色的尖端,他们谈着明天的节日,高兴地盼着明天到来。此外也没有发生别的事情,但他们两人却满怀节日的喜悦和预感。旗帜在阳光下闪闪发光。安娜烤了李子蛋糕,晚上在高高的山岩上点燃色当之火。

汉斯不知道为什么偏偏今天会想起那晚的事,不知道,为什么这记忆如此美妙和强烈,为什么这又使他如此痛苦和悲伤。他不知道,他的童年和少年时代又一次愉快和欢乐地出现在他的眼前,是在回忆的掩饰下向他告别,留下曾经有过而决不会再来的巨大的幸福和刺激。他只感到这种回忆与想念爱玛和想念昨晚发生的事很不协调,他只觉得有种与以往的幸福不同的东西在他身上出现了。他以为又再看到金色的旗杆尖端在闪耀,听到他朋友奥古斯特的笑声,闻到鲜蛋糕的芳香,这一切多么快活幸福,但对他又变得那么疏远陌生,因此他倚在大赤松树的粗干上,失望地啜泣起来,这使他得到些暂时的慰藉和解脱。

中午他到奥古斯特那里去,奥古斯特现在已是个第一把手的学徒,长得又壮又高。他向他讲了自己的情况。

"这可不是闹着玩的,"奥古斯特摆出一副老于世故的面孔,"这可不是闹着玩的,因为你是这样一个文弱书生,第一年你得一直在锻工场干那该死的打铁活,那么一把铁锤可不比汤匙。你还得搬铁块,晚上要打扫,使锉刀也要有力气……开始时,在你还没有掌握技术以前,只给你用旧锉刀,它们很不好使,滑得像猴子屁股。"

汉斯立刻变得泄气了。

"是吗，我还是放弃的好？"他胆怯地问。

"哎唷！我可没这么说啊！你别一下子就打退堂鼓了！我只不过说在开头时并不那么顺当罢了。但是另一方面，唔——当个技工可真不错，你知道，他也得有个好脑袋，不然只能当粗铁匠。你来看看吧！"

他拿出几个用亮晶晶的钢材做的小巧玲珑的机器零件给汉斯看。

"喏，这些零件不许有半毫米误差，全是手工做的，包括螺丝钉。这就要非常仔细啦！这些还要磨光和淬火，才算完工。"

"嗯，真是不错，我要早知道……"

奥古斯特笑了。

"你害怕了？是嘛，当学徒要受折磨，这是没有办法的。不过，有我在那里，可以帮帮你。假如你下星期五开始来上工，那时我正好满两年，星期六领第一次的计周工资。星期天还要庆祝一番，喝啤酒，吃糕点，大家都参加，你也来，这样你也可以了解了解我们那里的情况。好，可不是吗？再说，咱们以前本来是好朋友嘛。"

吃饭时，汉斯告诉爸爸，他愿意去当技工，是不是下星期就可以开始。

"那好啊。"爸爸说。下午便和汉斯到舒勒的工场去向他报到了。

天色接近黄昏时,汉斯几乎把这一切都忘得一干二净了,他只想到晚上爱玛要等他的事。他现在就已经透不过气来了,他觉得一会儿时间太长,一会儿又太短,他为这次约会弄得晕头转向,就像迎着急流而上的一个船夫。这个晚上他根本没心思吃饭,只喝了杯牛奶就走了。

一切情况与昨天一样:昏暗欲睡的小街,红红的窗子,路灯的微光,以及缓缓闲逛的情侣。

到了鞋匠家花园的篱笆旁时,他觉得非常害怕,任何一种响声都使他震惊,觉得自己站在黑暗里窥听像个小偷似的。他还没等到一分钟,爱玛就站在他面前了,她用双手抚摸他的头发,为他打开花园门。他小心翼翼地走了进去。爱玛拉着他一起,轻轻穿过灌木丛中的小路从后门走进昏暗的通道。

他们互相紧紧偎依着坐在地下室最上面的台阶上,隔了好一会儿,才在黑暗中勉强能互相看清对方。姑娘心情愉快,低声闲谈起来。她曾经尝过多次接吻的滋味,知道恋爱是怎么回事,这位胆怯温柔的少年对她正合适。她双手捧起他瘦削的脸庞,吻着他的额头、眼睛和面颊,当她吻到他的嘴时,她又长时间地吮吸,使汉斯觉得晕眩,他软弱无力地偎依着她。她低声笑着,一边还揪他的耳朵。

爱玛没完没了地扯着,他听着但却不知道听到了什么。

她用手抚摸他的手臂、头发、脖子和手。把面颊靠在他面颊上，把头搁在他的肩上。他沉默不语，听其摆布，内心充满甜蜜的恐惧和深深的幸福的不安，时而像个发烧的病人似的轻轻地短促地痉挛。

"你真是个好宝贝！"她笑着说，"你一点都不敢。"

她拉着他的手摸她的颈项、头发，还把它搁在自己的胸口，用身子使劲压着他的手。他感到那柔软的外形和甜蜜而陌生的起伏。他闭上双眼，觉得自己在向无底的深渊里下沉。

"别，别再！"当她又要吻他时，他拒绝说。她笑了。

爱玛把他拉近自己，紧贴着她，用手臂搂住他，使他感到了她的身体，把他弄得糊里糊涂，完全没了主意，连一句话都说不出来。

"你也爱我吗？"她问。

他想说是的，但只是点点头，一直点了好久。

她又拿起他的手，开玩笑地把它移到紧身胸衣下面，他这么热切而又贴近地感觉到那陌生生命的脉搏和呼吸，吓得他心脏都要停止跳动了；他以为自己要死了。他把手缩了回来，叹息说："现在我该回家了。"

当他要站起来时，身子便开始摇晃起来，差点从地下室台阶上栽下去。

"你怎么啦？"爱玛惊讶地问。

"我不知道，我很累。"

他没感到一路上是爱玛扶着他向篱笆走去，她还紧紧地贴着他。他也没有听见她说晚安并把小门关上。汉斯穿过小巷回家，他不知道自己是怎样回家去的，仿佛是一阵狂风把他卷走，或是一股激流动荡不定地把他带走的。

他看着左右的褪色房屋、高处的山脊、枞树树梢、黑色的夜晚和明亮、宁静的星星。他觉得风在吹拂，听到桥墩那边河水流动，看见水面上映照出花园、褪色的房屋、黑夜、路灯和星星。

他不得不在桥上坐一会儿，他太累了，觉得自己会走不到家了。他坐在桥的栏杆上，倾听河水冲过桥墩，涌过堰堤，在磨坊的筛格前咆哮轰鸣。他双手冰冷，血液像在胸口和喉头给堵住了，又冲过去，使他眼前发黑，然后又如骤起的波浪向心脏奔去。

他回到家，摸进自己的房间，躺到床上就睡着了。在梦中总是从一个深渊掉进另一个深不可测的可怕的深渊。半夜醒来又痛苦又疲乏，半醒半睡地一直躺到清晨。内心充满强烈的渴望，被难以控制的力量抛来抛去，直到他在黎明时，把他整个的痛苦和委屈化为一场号啕大哭为止。后来他在被泪水浸湿的枕头上又睡着了。

第七章

吉本拉特先生神气活现、吵吵嚷嚷地在压榨机旁操劳,汉斯在帮忙。鞋匠的孩子当中有两人应邀来到,正忙着在对付水果,两人合用一只小杯品尝果汁,每人手里还拿了一大块黑面包。可是爱玛没有和他们一起来。

父亲提着桶离开有半小时了,汉斯才敢打听爱玛的消息。

"爱玛呢?她不肯来吗?"

等到孩子们嘴里空了,能说话了,又耽搁了一些时间。

"她走了。"他们说,同时点点头。

"走了?上哪儿去了?"

"回家了。"

"已经走了?乘火车去的?"

孩子们起劲地点头。

"什么时候走的呢?"

"今天早上。"

孩子们又伸手去拿苹果。汉斯在压着榨机,朝果汁桶里面呆望,慢慢明白过来。

父亲回来了,他们边干边笑。孩子们道过谢就跑掉。天晚了,他们回家去了。

晚饭后,汉斯独自一人坐在他的小房间里。十点钟了,十一点钟了,他还没有点灯。后来他睡得很沉,时间很长。

他比往常醒来得晚,起先只是模模糊糊地感到不幸和惆怅。后来他才想起了爱玛。她已走了,连招呼都没打,就不辞而别了。他上一天晚上在她那儿时,她肯定已经知道。他回忆起她的笑声、她的接吻和她冷静地委身的情况。她并没有认真看待他。

怀着对此十分气愤的痛苦,他那已被点燃而又没能得到发泄的激情在胸中翻腾,汇合成忧伤苦闷,它驱赶他离开屋子,来到花园,走上街头,进入树林,又再回到家里。

他就是这样了解到部分恋爱的秘密,也许过早了一些。对他来说,这里面是甜少苦多。白天里尽是些没有结果的哀诉、如饥似渴的回忆、毫无希望的苦思冥想。多少个夜晚,他心悸和忧伤得无法入睡或者只做着一个又一个噩梦。在梦中,他的血液由令人难以理解的沸腾,变成庞大的、可怕的寓言故事图像,变成缠人致死的手臂,变成眼睛冒火的怪兽,变成令人头晕目眩的深渊和熊熊燃烧的大眼睛。惊醒过来,发觉自己孤独一人,周围一片凉飕飕的秋夜的寂静,他苦苦思念他的姑娘,呻吟着把脸埋在泪水浸湿的枕头里。

约好去机械工厂上工的日子星期五快到了。父亲给他买了一套蓝色亚麻布工装,一顶蓝色的混纺便帽,他试了试这些东西,觉得自己穿着这种钳工制服有点可笑。每当他经过学校、经过校长或数学老师的家、经过弗莱格的作坊或是牧师的家,他的心里就很难受。那么多辛劳、努力、汗水;牺牲了那么多小小的欢乐,那么多的自豪和虚荣心以及充满希望的美梦,一切都白费力气,这一切只不过为了使他现在,比所有的同学都更晚些,能进工厂去当一名最小的徒工,受众人的嘲笑!

对这样的事,海尔纳又会怎么说呢?

慢慢地,他才开始和这套蓝色钳工工作服和解,为星期五那天要首次穿它稍许有点高兴。到那时至少又可以经历到一些事情了。

可是这些念头只不过是乌云中迅即消逝的闪电。他忘不掉姑娘的离去,他的血液更不能忘却和克服在那些日子里被激起的波动。它渴望更多的刺激,渴望那相思得到解脱。就这样,时间沉闷和痛苦地过得很慢。

今年的秋天比往年更美,阳光和煦,清晨一片银白色,中午彩色斑斓,夜晚万里无云。远处的群山像深蓝色的天鹅绒,栗树发出金黄色亮光,墙上和篱笆上挂满紫色的野葡萄叶。

汉斯心神不定地在逃避一切。白天他在城里和田间乱转，躲着旁人，因为他认为大家一定能看得出他失恋的痛苦。可是到了晚上，他却走到那条小街去，瞅着每个侍女，而且心虚地偷偷尾随着一对对情侣。随着爱玛的出现与消失，他觉得似乎一切值得追求的东西和一切生活的魔力都来到身边而后又狡猾地溜走了。他不再想到当时他和她在一起时所感到的痛苦和压抑。假如他现在再次得到她，他相信他不会羞怯，而会去夺取她的一切秘密，整个闯进那迷人的爱情的乐园，它此刻却给他享以闭门羹。他的全部幻想陷入了这种沉闷的危险的丛林，令人气馁地在里面乱闯，找不到出路。它固执地折磨自己，一点都不愿知道，在那狭窄的魔境之外，还亲切地存在着光明美好的广阔天地。

他开始带着焦虑等待着星期五，这一天来到了，他到底还是很高兴的。一大早他就穿上蓝色工作服，戴上帽子，有些胆怯地沿着硝皮匠巷向舒勒家走去。几个熟人好奇地朝他看，有一个还问道："怎么回事？你当钳工了？"

工厂里已经干得热火朝天。师傅正在打铁。他把一块烧红的铁放在砧上，一个伙计抡着大锤，师傅在精敲细打，使它成形。他掌握着钳子，有时还用锻锤在铁砧上打出节拍，使得清晨从敞开的大门里传出了清脆响亮的打铁声。

两张长长的、给机油和锉屑弄黑的工作台旁站着一个老伙计，奥古斯特就在他旁边，他们在各自的钳台上忙着。天花板上，飞快的传动皮带在刷刷作响，驱动着车床、砂轮、风箱和钻机。因为这儿是利用水力工作的。奥古斯特向走进来的汉斯点点头，并示意他等在门口，待师傅有空时再和他谈。

汉斯腼腆地朝着锻铁炉、停止不转的车床、刷刷作响的皮带和空转的圆盘张望，师傅锻好了那块铁，就走过去向汉斯伸出一只又硬又热的大手。

"把你的帽子挂在那里。"他说着并用手指指墙上的一只空钉子。

"好，来吧，那是你干活的地方和你的钳台。"

说着便把汉斯带到最后一架钳台跟前，特别指点他该如何使用钳台，整理工作台和所有的工具。

"你爸爸已经告诉我，说你并不是大力士。我也看得出来。那你就先不忙去打铁，等你力气稍微大一点再说。"

他从工作台下拿出一只铸铁的小齿轮。

"喏，你就拿这个开个头。这只轮子是刚铸出来的，还是个毛坯，到处都有毛刺，要把它锉平，否则以后会损坏精细的工具的。"

他把轮子夹在钳台上，拿出一把旧锉刀，教他怎样锉。

"好，你就这样锉，不过你别用其他的锉刀！这活干到中午也够你锉的，然后你拿来给我瞧瞧干得怎么样。工作时除了吩咐过你的以外，什么都不要去管。学徒是不需要多想的。"

汉斯开始锉起来。

"住手！"师傅喊道，"不是这样，左手要这样放在锉刀上，你是个左撇子吗？"

"不是的。"

"对了，这就行了。"

他走开去，回到门旁第一个钳台旁自己的位置上去了。汉斯留神看着怎样干好。

在锉最初几下时，他觉得奇怪，这东西怎么这样松软，而且这么容易锉下来。后来才发现那只是铸件最表面的一层脆皮，很容易剥落，而下面才是要去锉平的坚硬的铁。他集中精力继续起劲地干。自从童年时闹着玩做些小玩具以来，他还从未享受过能眼看在自己手下做成一些有用的东西的乐趣。

"慢一点！"师傅朝他喊道，"锉时要保持节奏：一、二，一、二。而且要压紧，否则锉刀要坏的。"

那个最老的伙计正在车床上车东西，汉斯忍不住要斜眼朝那边望。一根钢轴颈夹在圆盘里，皮带一传动，轴颈呼呼急抖，闪闪发光，这时那个伙计就把头发丝那样细的亮晶晶的铁屑从上面取下来。

到处都放着工具、铁块、钢块和铜块、半成品、光洁的小轮子、凿子和钻子、各种形状的车刀和锥子；锻铁炉旁挂了锤子、平底锤；铁砧垫、钳子和烙铁；沿墙挂着一排排锉刀和铣刀；架子上到处放着油抹布、小扫帚、含钢砂锉、铁锯、油壶、酸瓶、针盒和螺丝盒。砂轮则随时都在使用。

汉斯很满意他的手已经弄得很黑，而且希望他的衣服不久也变得旧些，因为它现在和别人的发黑的、打了补丁的衣服在一起，又新又蓝，显得可笑，非常突出。

上午工作时，也有些人从外面到厂里来。有工人从附近机织厂来磨零件或是修零件的。也有个农民来询问他送来修理的那台洗濯压光辊机的事。他听说还未修好，就破口大骂。后来来了个穿着讲究的厂主，师傅和他在隔壁房内谈生意。

与此同时，人、轮子和传动带继续有规律地在干着活。汉斯在他的生活中第一次听到和懂得劳动的赞歌，这至少对进工厂的人来说有些感人和颇为令人陶醉之处，他看到自己这个小人物、小生命已经能适应一种伟大的节奏了。

九点钟时有一刻钟的休息，每人发到一块面包，一杯果汁。这时，奥古斯特才过来向这位新学徒打招呼。他对汉斯说了些鼓励话，开始热衷于谈论下个星期日了，那天他要和同事们庆祝一番，花掉他第一次领来的周薪。汉斯问起他锉的轮子是做什么用的，才知道这是塔钟的轮子。奥古斯特本来还想做给他看，这齿轮以后是怎么转的，怎么工作的，但是那个带头的伙计又开始锉起来了，大家就都迅速各就各位。

在十点到十一点之间,汉斯开始感到疲倦。双膝和右臂有点作痛。他把一只脚踩在另一只脚上,偷偷地舒展一下四肢,但无济于事。于是他把锉刀放开了一会儿,自己支撑在钳台上。没有人注意他。当他这样边站边休息,并且听到头上传动皮带在吟唱时,他觉得有些眩晕,便把眼睛闭了一分钟之久。这时师傅正好站在他的后面。

"嗯,怎么啦?你累了吗?"

"是的,有一点儿。"汉斯承认。

伙伴们都笑了。

"会这样的,"师傅安详地说,"现在你可以去看看怎么焊接。来吧!"

汉斯好奇地观看人家怎样焊接。先把烙铁烧热,再在焊接处涂些焊液,然后从发烫的烙铁滴下白色焊锡,发出轻微的咝咝声。

"拿块抹布把这些东西好好擦干净。焊液有腐蚀作用,不可以留在金属上。"

弄完后,汉斯又回到他的钳台前,用锉刀刮小轮子毛刺。手臂发痛,压着锉刀的左手红肿起来,也开始作痛了。

中午,当领班放下锉刀去洗手时,汉斯就把他锉的活拿去给师傅看,师傅只是匆匆瞥了一眼。

"行了,就这样吧。你位置下面的箱子里还有一个同样的轮子,今天下午拿来做吧!"

汉斯也洗了手,走了。他有一小时休息时间可以用来吃午饭。

有两个店员学徒,汉斯从前的同学,在街上跟在他后面走来,在讥笑他。

"好一个参加过邦试的钳工!"其中一个喊道。

汉斯加快了脚步。他不知道自己究竟是满意还是不满意。他是喜欢在工厂的,就是太累,累得够呛。

走到大门口,他正在为能够坐着吃饭而高兴时,却突然又不得不想起爱玛。整个上午他都把她忘却了。他轻轻走进自己的小屋,向床上一倒,痛苦地呻吟。他想哭,却又没有眼泪。他毫无办法地看到自己又沉湎于悲痛的思念之中。他头脑涨痛,喉咙也因啜泣而疼痛。

吃午饭是件苦恼的事,他不得不回答父亲向他提出的问题,还得勉强听各式各样的小笑话,因为父亲的情绪很好。几乎还没吃完饭,他就跑到花园里去,在阳光下似睡非睡地休息了一刻钟,然后就又是上工的时候了。

上午他的手上已起了红茧,现在真的开始痛起来,晚上肿得连东西都不能摸,一摸就疼。下班前,还得在奥古斯特的指点下打扫整个工场。

星期六情况更糟。他的双手火辣辣地烧痛,茧扩大成水泡了。师傅情绪不好,一点点小事就要骂人。虽然奥古斯特安慰他说,茧过几天会好的,那时手就变硬了,不会再有感觉了,可是汉斯仍感到万分愁苦,整天不时地偷偷看钟,失望地在小齿轮上锉来锉去。

傍晚,在打扫工场时,奥古斯特低声告诉他明天和一些同事到比拉赫去,一定会玩得很痛快,汉斯绝不可缺席。他两点钟来接他。虽然汉斯觉得最好是整个星期天都待在家里,因为实在又痛又累,但他还是答应了。到家,老安娜替他在受伤的手上敷了一种药膏,他八点钟就上床了,一直睡到第二天上午,才急急忙忙爬起来,和父亲一起上教堂去。

吃午饭时,他谈到奥古斯特,以及今天要和他到野外去玩的事,父亲并不反对,甚至还给他五十芬尼,只是要求他晚饭前就回来。

当汉斯在美丽的阳光照耀下,逛过小街时,几个月来第一次又感受到星期日的欢乐。一个人带着油污的手、疲乏的四肢劳动了一星期后,就会觉得街道更加喜气洋洋,阳光更加灿烂,一切都更加华丽,更加美好。现在他才能理解屠夫和硝皮匠,面包师和锻工,他们坐在屋前凳上晒太阳,看起来是那样非凡地兴高采烈,他不再把他们看作是凡夫俗子了。他瞅着工人们、伙计们和学徒们,他们成群结队地在散步或是上酒馆,帽子歪戴在头上,衬领雪白,身上节日礼服刷得干干净净。大多数,虽然并不总是这样,是手工业工人和手工业工人在一起，木工与木工在一起，瓦工与瓦工在一起，同行相聚，维护他们阶层的荣誉。而在他们之中，钳工是最体面的行业，领先的是机械工。这一切都有些乡土味道，尽管其中有些东西显得有点幼稚、可笑，但在这里面却隐藏着手工业行业的动人之处与自豪感，这些就在今天也还是一些可喜的和有价值的东西，连最可怜的裁缝学徒也能从中分享到一线光明。

看到那些青年机械工站在舒勒家门前安然自得，向过往的行人频频点头，相互交谈，你就可以知道，他们已形成了一个可靠的团体，不再需要外人，即使在星期日玩乐时也是如此。

汉斯也觉察到了这点，并且为自己属于这一团体而高兴。但他对于计划中的星期日消遣却有点害怕，因为他已经听说，机械工在生活享受上是大手大脚、丰富优裕的。也许他们还要去跳舞，这他可不会，然而另一方面却想尽可能经得起考验，不得已时冒点小醉的危险。他不习惯喝许多啤酒，至于抽烟，他费些劲能做到小心地抽完一支而不至于难受和丢脸。

奥古斯特兴高采烈地欢迎他。他说，虽然那个年龄大的伙计不愿意一起来，但是多来了一个别的工厂的同行，这样他们至少有四个人，这就足够把一个村子闹个天翻地覆了。今天啤酒每个人想喝多少就喝多少，因为这由他来会钞。他递给汉斯一支雪茄,然后四个人便慢慢动身,洋洋得意地漫步穿过小镇,到菩提树广场才开始加快脚步,以便及时赶到比拉赫。

河面平静如镜,闪烁着蓝色、金色和白色的光芒。温和的十月阳光透过林荫路上几乎完全光秃的槭树和槐树照射下来,晴空蔚蓝无云。这是个幽静、清洁、愉快的秋天日子,在这样的日子里,已经流逝的夏日一切美好事物像无忧无虑的、欢快的回忆充满在柔和的空气中。在这种日子里孩子们会忘记季节,以为该去采花了。在这种日子里,老人们在窗口或屋前的凳上,以沉思的目光凝视天空,因为他们似乎觉得不仅是这一年的,而且是他们全部生活的愉快回忆都在清澈的蓝空中飞过,可以看得见的。年轻人则心情愉快,按照各人的才能与性格,通过吃吃喝喝,通过跳舞唱歌,通过酒宴或是大打出手来赞美这美好的日子,因为到处都烤了新鲜的水果蛋糕,地窖里放着新鲜苹果汁或是正在发酵的葡萄酒,餐馆前和菩提树广场上演奏着提琴和手风琴,庆祝今年最后这些美好的日子,吸引着人们去跳舞、唱歌、谈恋爱。

他们这几个年轻小伙子快速向前走去。汉斯装着无忧无虑的样子抽着雪茄烟,吸得很舒服,连自己都觉得惊讶。那个伙计在讲述他漫游的经历,他那样大肆吹嘘,也没有人反对,因为这是理所当然的。就连最谦逊的伙计,在他生活有了着落,而且肯定不会被目击者戳穿时,谈起他漫游时期①也会采用一种了不起的、飘飘然、甚至令人难以置信的口吻。因为手工艺工人在生活中美妙的文学是人民大众的共同财富,是从每一段个别的经历出发对传统的古老的冒险故事锦上添花,重新创作而成的。任何一个流浪职工,当他一讲起故事来,都是身上带着点不朽的厄伦斯皮格尔②和不朽的流浪汉的味道。

"就是我在法兰克福的时候,呃!那时的生活才有意思呢!我还从来没有讲过这事呢。一个有钱商人,那只馋嘴的猴子,想要我师傅的女儿做老婆。但是她就是不肯,因为她更喜欢我,她已经当了我的情人有四个月了。要不是我和老头子吵了架的话,现在我都留在那里,当他的女婿了。"

他接着说,师傅这个恶棍,曾经想刁难他,这个可恶的出卖灵魂的家伙,居然有一次还敢向他伸出手来,但他二话没说,抡起打铁的大锤,朝老头那样瞪着看,老头一声不吭就走开了,因为他保住脑袋要紧,后来用书面方式把他解雇了,这个胆小鬼。他又讲了在奥芬堡的一件大打出手的事,三个钳工,他也在场,把七名工厂工人打个半死——谁到奥芬堡去,只要问问那个高个子的乔治就知道了,这个人还在

---

① 旧时德国手工业学徒在满师后必须到处漫游找活干,经过一定时期后,才能固定在一家作坊当伙计。
② 厄伦斯皮格尔是传说中喜欢捉弄人的农民形象。

那里，当时他也在场。

这一切都是用冷淡而粗鲁的声调，然而带着巨大的热诚和喜悦的心情讲出来的。每个人都听得津津有味，还默默决定以后要在别的地方把这故事讲给别的同伴听。因为每个钳工都曾爱过师傅的女儿，都曾用锤向可恶的师傅打去，都曾痛打过七名工厂工人。这个故事一会儿发生在巴登，一会儿发生在黑森或是瑞士。一会儿不是用锤子而是用锉刀或炽热的烙铁，一会儿挨揍的不是工厂工人而是裁缝，但总归是老故事，而且大家也总是乐意听了又听，因为这些故事又老又好，而且给这一行业带来荣誉。这不是说，在那些流浪的手工业学徒当中就再也没有（连今天也还有）体验生活的天才或是创造发明的天才了，这两者其实是一码事。

尤其是奥古斯特听得入了迷，非常高兴。他不断哈哈大笑，连声附和，觉得他自己已是半个伙计了，摆出一副瞧不起人的享乐者的神气，对着金黄闪闪的空气吐烟。而讲的人则继续在扮演他的角色，因为他觉得这点很重要：他要表现出和学徒们在一起是他的屈就，因为他作为一个伙计本来在星期天是不会同学徒们在一道的。再说他参与喝酒，花掉一个小孩的钱，也是丢脸的事。

他们顺着河流在公路上朝下走了好长一段路程，现在他们面对一条朝山蜿蜒向上的小公路与一条陡峭的步行小道，要作出选择。小道要近一半。但他们还是选了公路，尽管它又远,尘土又多。步行小道是供上下班的人和散步的先生们用的。但一般老百姓,尤其是在星期天,都喜欢走那还没有失去它的诗意的公路。攀登陡峭的山路,那是庄稼人和城市里喜爱大自然的人的事,那是一项劳动或是一项运动,可并不是老百姓的娱乐。公路则相反,在上面走起来挺舒适,还可以一边聊聊天,对鞋子和节假日穿的服装比较省。在公路上可以看到车辆和马匹,碰到并且赶上别的闲逛者,遇到打扮得漂漂亮亮的姑娘和一群群唱着歌的小伙子。在公路上可以朝别人说笑话,别人会笑着加以回报。在公路上可以站着闲扯,有时还可以尾随着姑娘们嬉笑或是晚上同好朋友用行动来表达与排解私人纠纷呢!

于是他们就走公路了。公路的弯度很大,就像有时间的和不喜欢流汗的人那样笑眯眯地蜿蜒而上。那个伙计脱了上衣,把它搭扛在肩上的手杖上,现在不讲故事而开始吹起口哨来了,以一种非常粗野和有趣的方式,一直吹到一小时后到达比拉赫为止。路上也有人针对汉斯说了些挖苦的话,但并不使汉斯感到特别难堪,倒是奥古斯特比汉斯自己更急切地把这些话挡回去了。于是他们现在到了比拉赫。

这个村子有红瓦盖的和银灰色草铺的屋顶,与两旁的秋天色彩的果树相映成趣,耸立在黑压压的山林背后。

这些年轻人对光顾哪一个酒馆达不成一致的意见。"船锚酒店"有最好的啤酒,但"天鹅酒店"的糕点最精美,而

"尖角酒馆"则有个漂亮的老板女儿。终于采纳了奥古斯特的意见,去"船锚"。他眨眨眼提示说,喝几杯啤酒再去"尖角酒馆"不迟,反正酒馆也不会跑掉。大家都同意,就走进村子,经过厩棚,经过边上镶着天竺葵枝干的低矮的农家窗户,向"船锚"走去。它的金色招牌越过两棵圆圆的小栗树,反射着阳光,闪闪发亮,吸引着顾客。遗憾的是,那个伙计一心想坐的里间已经客满,他们只得在庭园里就席。

照客人们的看法,"船锚"是个优雅的酒店,那就是说,不是老式的农家酒肆,而是时髦的砖砌小方块建筑,有许多窗子,客人坐的不是凳子而是椅子,还有许多白铁皮做的彩色广告牌,此外还有个城市打扮的女招待。老板从来不是穿件衬衫就露面,而总是棕色西装笔挺,样式时髦。其实他已破产,他自己的房子是向他的主要债权人——一个大啤酒酿造商——租来的,从此变得更体面了。庭园是由一棵槐树和一个大的铁丝网组成的,铁丝网目前有一半长满了野葡萄。

"祝你们健康,伙伴们!"那个伙计喊道,同另外三个人碰杯。为了表现自己,他一口气喝干了整杯酒。

"喂,漂亮小姐,这儿一点也没有了,请您马上再拿一杯来!"他向女招待喊着,同时把酒杯隔着桌子递给她。

啤酒味美,清凉,又不太苦。汉斯喝得津津有味,奥古斯特喝时脸上带着一副内行的样子,咂咂舌头,同时不断喷烟,像一只蹩脚火炉,这叫汉斯暗自叹赏不已。

和那些精于人生和享乐之道的朋友一起坐在酒馆的桌旁,像个理应得到这种享受的人一样,这样过个快快活活的星期天倒也不错。一起嬉笑,有时自己也大胆说个笑话,真有意思!酒喝完后用杯子在桌上用力一碰,无忧无虑地喊声:"再来一杯,小姐!"真有意思!向邻桌的熟人敬酒,左手夹着个已经熄了的雪茄烟头,像旁人一样帽子歪在脑勺后面,真有意思!

一同来的那个外厂伙计也开始兴致勃勃,谈笑起来。他说认识在乌尔姆的一个锁匠,此人能喝二十杯啤酒,乌尔姆的好啤酒。他喝完后还抹抹嘴说:"好!现在再来一满瓶葡萄酒!"他还认识康斯塔特的一个伙夫,他能接连吃十二根腊肠,以此打赌获胜。但第二次再打这样的赌时却输了。他错误估计能把一家小酒馆的菜单统统吃遍,而他也几乎吃光了所有的菜,但是菜单最后是四种干酪,他吃到第三种时,就把盘子一推,说:"现在我宁可死也不愿再吃一口了。"

这些故事也博得了热烈掌声。人们发现世上到处都有酒量大和饭量大的人,因为人人都会讲这样一个英雄好汉和他的业绩的故事。在有的人讲起来是斯图加特的某个男人,在另外一个人讲起来又是某个龙骑兵,"我想是在路德维希堡的。"有的人讲起来说是吃了十七个土豆,而另外一个人讲起来是吃了十一个煎饼带色拉。人们讲这些事情时总是非常具体，一本正经，同时还满意地一心认为世上确实有各式各样的才子和值得注意的人，其中也有奇妙的怪人。这种舒适满意的神态和具体性是每一个酒店常客庸俗生活的古老可敬的遗产，而且就像喝酒、谈政治、抽烟、结婚和死亡一样，传给了青年人。

喝第三杯酒时，有人问是不是没有糕点，他们把女招待喊来，了解到的确是没有糕点，大家对此非常愤慨。奥古斯特站起来说，既然连糕点都没有，那就再跑一家吧。那位外厂的伙计骂这家酒店太糟糕。只有法兰克福人主张留下不走，因为他已经和女招待混得有点儿熟了，还着实地摸了她几次，汉斯都看在眼里。见到这种情景又喝了啤酒，汉斯奇怪地激动起来。现在离开此地，他很高兴。

算过账，大家都走到街上时，汉斯开始感到他喝的三杯酒有点起作用了。这是一种舒服的感觉，一半是疲倦乏力，一半又是兴致勃勃。他的眼睛也好像被一层薄纱似的东西蒙住，透过这层薄纱，看一切东西都更遥远，几乎都不真实，很像在梦中见到的那样。他不断地要笑，帽子歪戴得更狠一些，自己觉得很像个地道的寻欢作乐的家伙。那位法兰克福人又以他那种好斗的方式吹起口哨来了。汉斯试图能合上拍子行走。

"尖角酒馆"相当清静。有几个农民在喝新葡萄酒。这里没有散装啤酒，只有瓶装的。于是每人马上弄来一瓶。那位外厂伙计要表现一下自己很慷慨,为大家叫了一只大苹果蛋糕。汉斯突然觉得饿得慌,接连吃了好几块。坐在这家旧的发黄的小酒馆的坚实、宽敞的靠墙板凳上,不引人注意,十分舒适。老式的餐柜和大火炉隐没在半暗处,在一只带有木棍的大鸟笼里两只山雀在扇动翅膀,满满一枝红花楸果子从格子里塞进去作鸟饲料。

老板到桌旁来了一会,对来客表示欢迎。这之后又隔了一会,才正式交谈起来。汉斯喝了几口味道浓的瓶装啤酒,很想知道自己还能不能把整瓶喝光。

那个法兰克福人又自鸣得意地谈起莱茵地区葡萄园节日,谈到徒步旅行和投宿小客栈的生活,大家高兴地听着,连汉斯也笑得不可开交。

蓦地,汉斯觉得自己不太对头。他老是感到房子、桌子、酒瓶、杯子和朋友们汇成一片柔软的褐色云层,只有使劲睁眼,才又显出原来的形象。有时谈话声和哄笑声热烈起来,他也随着大家大笑,或者搭讪几句,但讲过后立刻就又忘了。大家碰杯时,他也跟着碰,一小时后,他惊讶地发觉他的瓶子空了。

"你的酒量很大,"奥古斯特说,"要不要再来一瓶?"

汉斯笑着点点头。他过去把这样一种狂饮想象得过于危险了。而现在,当那个法兰克福人开个头,大家都跟着唱起歌来时,汉斯也放开喉咙一道唱起来。

这期间，酒店客满了，老板的女儿也来帮女服务员招待客人。她个子高大，长得漂亮，带有一张健康、有力的面孔，一双沉静、褐色的眼睛。当她把新瓶放在汉斯面前时，坐在旁边的那个伙计立即向她大献殷勤，但她并不加以理睬。也许她是为了向那人表示她看不起他，或者也许她是喜欢这个可爱的小人儿，她转身面向汉斯，很快地用手摸摸他的头皮，然后就回到柜台后面去了。

那个伙计已在喝第三瓶了。他追在老板女儿的后面，使出浑身解数，想和她攀谈一番，但是毫无结果。那高个子姑娘冷淡地瞧瞧他，不同他搭腔，立刻就转身走了。于是他回到桌旁，拿空瓶敲敲桌子，突然兴奋地嚷道："让我们大家快活快活，孩子们，干杯！"

现在，他讲起一个粗俗的女人故事来了。

汉斯还只能听见一种含含糊糊交织在一起的谈话声音，当他差不多要喝完第二瓶酒时，他开始觉得说话，甚至连笑都是很困难的了。他想走到山雀笼那儿去，逗逗鸟儿玩。可是走了两步就感到头晕，差一点儿跌倒，又小心翼翼地走了回来。

从这时起，他那种肆意放纵的高兴表情逐渐消失。他知道，他喝醉了。他觉得这种狂饮已无乐趣。他好像在遥远的地方看到种种灾难在等待着他：回家，受父亲凶狠的责骂，以及明天早上又得去工厂。他的头渐渐地也痛起来了。

其余人也乐够了。在脑子清醒一些的时刻奥古斯特争着会钞，付了一块银元，找回来没有几个子儿。他们边说边笑，走出店门，街上晚霞光亮耀眼。汉斯几乎站都站不直了，他靠在奥古斯特身上，摇摇晃晃地让他拖着走。

那个外厂钳工变得伤感起来，他唱道："明天我不得不离开这儿，眼泪汪汪。"

本来他们要回家的，可是路过"天鹅酒店"时，那个伙计坚持还要进去。在门口，汉斯挣脱了身子。

"我得回家了。"

"你单独一人是走不了的呀！"那个伙计笑着说。

"行的，行的。——我——一定得——回家。"

"那么至少再喝一杯烧酒吧，小家伙！烧酒能使你腿有劲，对胃也有好处。正是，很灵的。"

汉斯觉得有人递给他一只小酒杯。他泼翻了许多，剩下的酒他一饮而尽，觉得喉咙像在火烧一样。一阵剧烈的恶心向他袭来，他单独一人踉跄地走下门前的台阶，走出村子，也不知是怎么走的。房屋、篱笆和庭园歪歪斜斜、乱七八糟地从他身旁旋转而过。

在一棵苹果树下，他睡倒在潮湿的草地上。一大堆令人厌恶的感觉，折磨人的忧虑，迷迷糊糊的念头使他无法入睡。他觉得自己弄得很肮脏、很可耻。他怎么回家呢？该怎样对父亲讲呢？明天他又会变得怎样？他觉得自己是那样沮丧,那样的痛苦,仿佛现在他不得不永恒地安息、长眠,不得不永远感到羞愧了。他的头和眼睛都在作痛,他甚至感到连站起来继续走路的力气都没有了。

突然,先前欢乐的情景又像一线迟到的、仓促的回光返照了一下。他做了个鬼脸,独自哼唱起来。

> 哦,你这可爱的奥古斯丁,
> 奥古斯丁,奥古斯丁,
> 哦,你这可爱的奥古斯丁,
> 一切都已不行。

他几乎没有唱完,就感到内心深处一阵痛苦,一些模糊不清的想象和回忆,羞愧和自责像一股混浊的洪水向他涌来。他大声呻吟,抽泣着扑倒在草地上。

一小时后,天色已暗,他站了起来,脚步不稳,吃力地朝山下走去。

吉本拉特先生因他的儿子吃晚饭时还没有回家,大发雷霆。到了九点钟还不见汉斯回来,他就准备了一根久已不用的粗藤条,心想:这小子以为自己已经羽毛丰满,可以不受父亲棍子的管教了?他回来时,有他好受的!

十点钟,他锁上大门。既然这位少爷要去夜游,那可以自己找个待的地方嘛!

尽管这样想，他还是没有睡，而是一小时又一小时地等着，愈等愈气恼。他在等一只手来试着开门，害羞地拉门铃。他想象着这种场面——这个浪荡子可得给他点厉害看看！大概这个顽皮孩子是喝醉酒了，可是他挨了揍会清醒过来的，这个小淘气，这个捣蛋鬼，这个贱骨头！他非狠狠打他一顿不可。

终于睡魔制服了他，抑制了他的愤怒。

就在这同时，受到这样威胁的汉斯却凉凉地、宁静地躺在黑黝黝的河水里，慢慢地沿着山谷顺流而下。他已经摆脱了恶心、羞愧和痛苦。寒冷的淡蓝色的秋夜俯视着他那在黑暗中漂流而去的瘦弱身体。黝黑的河水在戏弄着他的双手、头发和发白的嘴唇。谁也没有看到他，除非是那只黎明前出来猎取食物的胆怯的水獭向他狡猾地偷看一眼，不声不响从他身旁滑走了。也没有人知道，他是怎样掉进水里去的。也许他迷了路，站在陡坡上滑下去的；也许他想喝水，身子失去了平衡；也许是美丽的河水吸引了他，使他俯身过去，因为夜晚和淡淡的月光那样充满了和平与沉静的气氛迎着他望，所以困倦和恐惧就在暗中逼迫他，把他驱进了死亡的阴影。

白天有人发现了他，把他抬回家。吃惊的父亲不得不把他那根藤条扔在一旁，让自己积聚的怒气烟消云散。虽然他没哭，也很少流露他的情绪，但是当天夜里，他又是不能入睡，不时透过门缝向那已经无声无息的孩子望去。孩子躺在一张光光的床上，他那娇美的额头，苍白聪明的脸庞看起来依然仿佛是个特殊人物，仿佛生来就有权得到与别人不同的命运似的。额头和手上的皮肤擦破了，有点发紫，漂亮的容貌似在微睡，发白的眼皮合在眼睛上，没有完全闭紧的嘴，露出满意的，几乎是欢快的样子。看上去这个男孩像是一朵盛开的花，突然遭到摧残，把他从一条愉快的道路上拽了下来。连父亲也由于困倦和独自的哀伤，受到了这种微笑着的错觉的影响。

葬礼引来了一大批送葬的人和好奇的人。汉斯·吉本拉特又成了名人，谁对他都十分关注。老师、校长、本城牧师又参加到他的命运中来了。他们一起穿着礼服，戴上庄严的礼帽，出场送了葬，还在墓旁站了一会，彼此窃窃私语。拉丁文老师显得特别忧伤，校长低声对他说："是呀，教授先生，这个孩子本来是会有所成就的。偏偏是最优秀的人常常要遇到厄运，这难道不是件可悲的事吗？"

弗莱格师傅也留在墓边，站在父亲和那个不断号啕大哭的老安娜身旁。

"是呀，这样的事真令人辛酸！吉本拉特先生，"弗莱格师傅同情地说，"我也很喜欢这孩子的。"

"我真不明白，"吉本拉特叹着气说，"他过去这样聪明，一切又都十分顺利，进学校，考试——后来一下子，不幸的事却一个接一个落到他的头上！"

鞋匠指指那些正从公墓大门走出去的穿大礼服的人说：

"在那边走的这些先生们，"他轻声说，"把汉斯弄到这种地步，他们也出了力的。"

"什么？"吉本拉特先生跳了起来，又怀疑又吃惊地凝视着鞋匠："哦，真该死，为什么呢？"

"您别激动，邻居先生。我说的只不过是那些学校老师罢了。"

"为什么？怎么会呢？"

"唉，没别的。而您和我，咱们对这孩子恐怕也有不少疏忽，您不这么想吗？"

小城上空是一片欢快的蓝天，山谷里河水在闪耀，长着枞树的群山柔和苍翠，一望无际。鞋匠悲伤地苦笑着，挽着吉本拉特先生的手臂。吉本拉特先生由于此刻的寂静，由于此刻充满奇特痛苦的思想，正犹豫地、不知所措地向着他那习以为常的生命的下坡路走去。

Hermann Hesse
UNTERM RAD

图书在版编目(CIP)数据

在轮下／（德）赫尔曼·黑塞著；张佑中译. — 上海：上海译文出版社，2021.4（2025.2重印）
（译文经典）
ISBN 978-7-5327-8604-6

Ⅰ.①在… Ⅱ.①赫… ②张… Ⅲ.①长篇小说－德国－现代 Ⅳ.①I516.45

中国版本图书馆 CIP 数据核字(2021)第 027898 号

在轮下
〔德〕赫尔曼·黑塞　著　张佑中　译
责任编辑／杨懿晶　装帧设计／张志全工作室

上海译文出版社有限公司出版、发行
网址：www.yiwen.com.cn
201101　上海市闵行区号景路159弄B座
苏州市越洋印刷有限公司印刷

开本 787×1092　1/32　印张 6.75　插页 5　字数 91,000
2021年4月第1版　2025年2月第9次印刷
印数：31,001—36,000 册

ISBN 978-7-5327-8604-6
定价：42.00 元

本书中文简体字专有出版权归本社独家所有,非经本社同意不得转载、摘编或复制
如有质量问题,请与承印厂质量科联系。T：0512-68180628